新潮文庫

格闘する者に○《まる》

三浦しをん著

格闘する者に○《まる》　目次

Originally published 2000 in Japan by Soshisha Co., Ltd.
This edition is published 2005 in Japan by Shinchosha
with direct arrangement by Boiled Eggs Ltd.

格闘《かくとう》する者《もの》に○《まる》

熱帯雨林の中にそびえ立つ石造りの堅固な塔から、王女は地上を見渡していた。昨夜までの雨で泥を大量にはらんだ土色の川が、蛇行しながら、鬱蒼《うっそう》と茂った木々の間を流れていく。濁った水はそれでもときどきウロコのように陽光を反射して、それが王女に市場で売買されている見世物用の大蛇を思わせた。

ジャングルの中でそこだけ開けた塔の前の広場には、男たちが集っていた。彼らはそれぞれ飾り立てた象を連れ、王女のいる塔に向かって一列に並んでいる。ひときわ激しい今日の光に、男たちも象たちも灼《や》かれてこげつき、肌から立つ湯気が陽炎《かげろう》となり、王女の視界を揺らめかせた。

「姫様、そろそろお支度なさいませ」

乳母が入室してきたので、王女は気づかれぬようにそっと頬をぬぐうと、窓から向き直った。外の眩《まぶ》しさに比べると塔の中のこの部屋はいつも薄暗い。

「これにお召し替えあそばして」

美しい薄物を捧《ささ》げもつ乳母の言葉に、王女は黙って従った。幼いころから王女の面倒を見てきた乳母は、心配そうに手順を説く。

「姫様、おわかりかと思いますが、本日は姫様のお見合いの日。あのように朝早くから、国中の男たちが象を連れて姫様のもとに集っております」

王女はため息をついた。

「わかっているわ。これから私は中庭に行って、あの人たちが連れてきた象を一頭一頭みればよいのでしょう？」

「さようでございます。姫様はお気に召された象を一頭だけお選びになり、その象の持ち主が恐れ多くも姫様のお婿《むこ》様になる、ということでございます」

乳母の手を借りて薄物を着終えた王女は、もう一度嘆息して窓から地上を見下ろす。男たちと象は、見合いが始まるのを今やおそしと待っている。

「エー、姫様。はなはだ申し上げにくいことですが、姫様は、象が何を象徴するかおわかりですか」

王女は珍しくモジモジとしている中年の乳母を見た。

「……象がおめでたい動物だからではないの？」

「ハア、それもあります。しかしそれ以外にもですね、つまり、象はそれを連れてきた殿方を象徴すると申しますかね……」

なんだかよくわからずに、王女は曖昧《あいまい》に頷《うなず》いた。乳母はそれに力づけられたのか、いつもの口調に戻って続ける。

「このお見合いは神聖な儀式ですから、自分を大きく偽ったことが発覚すれば、罰として去勢されてしまいます。それでも皆様は姫様の歓心を得ようと真剣に象を選び、ここまでいらっしゃっているのです。どうぞそのことをお心に留めて、象をお選び下さいませ」

「わかったわ」

王女はけだるそうに言って、乳母の話を終わらせた。わかったわ。王女は窓辺に腰掛け、地平線まで続く緑のジャングルと、輝く水の流れを見やる。私は今日、見も知らぬ男を（象を媒介に！）選んで、そして一生この塔で豊かに退屈に暮らしていくのだ。私を欲するのではなく、財力と権力を欲する人間を夫として。立ち上がった王女は、かしずく乳母や召し使いたちを従えて、中庭へと向かった。

乳母が言う「象徴」も「去勢」も、意味がわからない。でも仕方がない。これは何百年も続く神聖な「儀式」なのだ。この国の古い伝説にあるように、ある日神様のお使いの子象がやって来て、私を背に乗せてフウワリとジャングルの彼方《かなた》、神々の国へと飛んで行ってくれたなら。そんなことを夢想していた王女の期待は、今日辛くも打ち破られようとしている。誰も私をこの塔から連れ出してはくれなかった。中庭に居並ぶ巨大な象たちを眺めて、王女はグッと涙をこらえた。

せめて小さくて可愛《かわい》らしい象を選ぼう、と王女は思った。

一、志望

そろそろここを出ねばならぬ。

今日は五時間で十八冊の漫画を読んだ。まずまずのペースと言えよう。シンと静まり返った漫画喫茶で、私は一人伸びをした。漫画を抱えて棚に戻し、凝った肩をほぐしながらレジに並んで会計を待っていると、誰かの携帯電話の鳴る音が響く。

「はい、モシモシ。ああ、うん、いま出先。今日はもう直帰するから。いや、うん。ボードに書いといて。悪いね、はい」

さっきから『静かなるドン』を読んでいた背広の男だった。彼の声は漫画喫茶中に響き、しかし誰一人として顔を上げて男を見る者もいない。よっぽど、

「嘘《うそ》つき！　ここは漫画喫茶よ！」

と叫んでやろうかとも思ったが、一体それをしたからといって何になろう。たぶん業績不振の彼は、営業をサボってここに来た。私は就職活動をサボってここに来た。やっていることにたいして差はない。強いて言えば、会社に入る前からなぜかリストラ社員じみている私のほうが、やや惨《みじ》めであるというだけのことだ。

三月の雨の中を、慣れぬ靴に苦労しながら駅へと向かう。ストッキングに水が撥《は》ねて、なんとも嫌な感触だ。私はこのストッキングというものが好きではない。ただでさえ蒸れやすい足を、こんな得体の知れぬものでピタリと覆《おお》うなど、まったくもって理解できない。だいたい私は素足に自信を持っている。私の脚はまだスンナリと美しく、張りもある。体毛が薄いからムダ毛処理をせずとも、肌はいつもスベスベだ。それなのに、就職活動というと、お決まりのリクルートスーツにパンプス、やけに白いストッキングと相場は決まっている（私はちゃんと白すぎないストッキングを選んだ）。素肌を直視するのが、試験官のオジさんたちには眩《まぶ》しすぎるのだろうか。それとも、ストッキングをキューッと裂いて、そこから現れる肌に接吻《せっぷん》するのが好きなのだろうか。あの人のように。

自動改札がガコンと閉まり、私はぶざまにつっかかった。ストッキングのことに気を取られ、間違って地下鉄の定期を入れてしまったのだ。後ろで舌打ちをするサラリーマンに謝って、少し後退すると今度はあやまたず私鉄の定期を入れた。今日は自動車の会社の説明会にでも行ったことにしよう。舌打ちサラリーマンの持っていた紙封筒に書かれた社名を思い浮かべて、私は電車の窓から、すっかり暗くなって流れる景色を見た。

「可南子《かなこ》さん、今日の会社はどうでした」

来た来た。義母が毎日うるさく就職活動の進捗《しんちょく》具合を聞くので、カモフラージュのためにリクルートスーツを着て家を出たにすぎないのだ。しかしここが演技の見せどころだ、と思いながら、私はご飯を嚥下《えんか》した。

「まだ説明会ですが、しっかりした会社でした。自動車の」

義母は二杯目の緑茶を自分の湯飲みに注いだ。

「あなた、この間は牛乳だかヨーグルトだかを作っている会社の説明会に行ったんでしょう。一体どういうところに就職したいんです」

お義母《かあ》さん、それはその日の朝に食べたプレーンヨーグルトの会社です。本当は説明会すら、まだ一社も行っていないのです。私は魚をほぐしながら、脳みそをフル回転させた。しかしうまい言い逃れもみつからない。いずれはわかることだし、結局本心を言ってしまうことにした。

「ええと、出版社にしようと思っています。でも他の業種もいろいろ見てから、決めようと思って」

「出版社」

ゲゲ、何か気に食わないのだろうか。もうちょっと堅実に「銀行です」とか言い直そうと思ったが、それも少し唐突すぎる。魚がやけにパサついて感じられた。

「そう、ちゃんとどういう仕事なのか調べているんですか」

冷めてきた茶をようやく口に含む義母に、私は内心ホッと息をつく。

「はい、それはもう」

十五年以上読んできた漫画の中には、たくさんの編集者たちが現れた。彼らは総じて、ケーキを持って漫画家の家に行き、それを食べながらボーッと原稿ができるのを待っている、茫洋《ぼうよう》として温厚な人たちだった。あれなら私にも可能だろう。ケーキを食べ、漫画を読み、何時間もボーッと何かを待つ。どれも得意なことだ。

義母は頷《うなず》いて、台所へと立った。それまで黙ってテレビを見ていた弟が、ニヤニヤと笑いながら食卓に肘《ひじ》をついた。

「漫画喫茶行ったんだろ」

「悪い？」

この半分だけ血のつながった弟を、私は決して嫌いではない。まだ高校生のくせにどこか世慣れたところがあり、私から見れば、うらやましいほどの行動力と運動能力を持っている。そして反面、露をはらんで風に揺れる、蜘蛛《くも》の糸のように繊細な神経を持っていた。家でダラダラするのを好み、極度の運動音痴で、義母との果てしない冷戦にもビクともしないナイロンザイルのような神経の私とは、何もかも正反対の弟だ。

「何冊読んだ？」

「十八冊よ」

弟はテレビに向き直り、フフッと笑った。

「なによ」

「姉ちゃんがガキの頃から今まで熱心に続けてるのって、漫画読むことだけだな」

そのとおりなので、黙っていた。私が情熱をもって取り組むことと言ったら、漫画を読むことぐらいなのだ。だがだからこそ、それなりに漫画については思うところがある。自分では絵が描けないから余計に、こんな漫画があったら、こんな表現は漫画に向いているのではないか、などと夢想したりするのだ。編集者になってそれを実現したり、有望な新人を見つけたりするのは、さぞかし胸躍ることだろう。

「じーさんから電話あったよ」

ようやく夕飯を食べ終わり、食卓の上を片付けていた私は、漫画編集者になって新人の持ち込み原稿を一蹴《いっしゅう》する想像を破られ、弟を見た。

「じーさんって、西園寺《さいおんじ》さんのこと？」

「ほかにもいるの？」

食後の一服のためにトイレに立った弟に、私は思い切り舌を出すと、力まかせに台《だい》布巾《ぶきん》で食卓を拭《ふ》いた。重厚な一枚板の食卓の脚がミシミシと音を立てて畳にめり込む。庭でカコンと鹿《しし》おどしが鳴った。

それから二週間、私はいくつもの会社にハガキを出したり、西園寺さんに京都に連れて行ってもらったりと、忙しくすごした。三月半ばから四月の頭のこの時期は、花粉症で目や鼻や喉《のど》や顔の皮膚までがかゆく、一年で最もイライラするつらい時だ。すでに就職活動に出遅れているのに旅行にまで出かける私を、数少ない大学の友達である砂子《すなこ》も二木《にき》君も心配そうに見送った。しかし私の本命の出版業界は、他の会社にくらべて募集時期が遅いのだ。まだ一社も受けていないどころか、志望の職種も明確に決めていない二人のほうが、私としては心配である。まあのんびりぶりでは私たちはいい勝負で、それでいて就職できると思っているのが、ズーズーしいところである。いつか天罰が下るだろう。

西園寺さんは書道家で、たぶん六十五〜七十歳といったところだろう。こんな汚い字でいいなら、私だって書道家になれるといつも思うが、世間ではそれを達筆と言うのだそうだ。西園寺さんは私の脚をたいそう気に入っていて、舐《な》めたり氷で冷やしてから抱き締めたり、綺麗《きれい》にペディキュアを塗ってくれてからしゃぶったりする。弟はそんな話を私から聞いて、

「変態ジジイー」

と笑いながら顔をしかめるが、私は西園寺さんのそういうところが結構好きで、もう二年ほどつきあっている。個展があるというので、私は西園寺さんと十日ほど京都に滞在し、旅館でそんなことをしていた。さすがに出会った最初の頃は、変な人だなあと思ったものだが、そのうち脚をいろいろと遊ばれるのにも慣れてしまった。あるとき私がそう言うと、西園寺さんは満足げに、

「可南子ちゃんもようやく、この道の奥深さがわかってきたようだ」

と笑った。

西園寺さんに買ってもらった生八橋《なまやつはし》を土産に、馬鹿《ばか》みたいに大きな純和風の家に戻ると、京都に行く前の四日間にせっせとハガキやらエントリーシートを出したかいがあって、何社からか試験のお誘いが来ていた。鼻水をひっきりなしにすすりながら吟《ぎん》味《み》して、就職試験や面接の練習をかねて、有名百貨店を受けてみることに決めた。社員になったら、きっと社割で服が買えるだろう。

説明会はリクルートスーツで行くのが相場らしいが、わざわざ「平服にておいでください」と書いてあったから、気合いを入れて可愛《かわい》らしいタックの入った黒いカーディガンに黒いスカート、黒いストッキングにインパクトのある膝下《ひざした》までの豹柄《ひょうがら》（決して下品ではない）のブーツ、という完璧《かんぺき》なるコーディネイトで出かけたのに、会場は見事にリクルートスーツで埋め尽くされていた。私は思いっきり何かを罵倒《ばとう》したい気分だったが、時間ぎりぎりだったため、三百人はいるその大きな部屋を闊歩《かつぽ》して、空いている最前列の席まで行く羽目になった。通路際《ぎわ》の人間が、みな私のブーツを凝視しているような気がする。ようやく席までたどりついて、机の上に豹柄のハンドバッグ（もちろんブーツとお揃《そろ》いなのだ）と八橋の入ったビニール袋を置いた。

「平服にて」という但《ただ》し書きを読んで、「百貨店側は学生のファッションセンスを見るつもりだな。よーし」と意気込んだのに、深読みしすぎたようだ。それにしても、百貨店側が言い渡してきた「平服」という基準をクリアしているのは私だけなのだから、即刻私一人が合格になったっておかしくないはずだ。まさか私の知らぬ間に、大学生の平服がリクルートスーツになっていたなんてことはあるまい。

「じゃあ、リクルートスーツの方、不合格ですのでご退場ください」

ということにならないかなあと期待したのだが、もちろんそんなことはなく、すぐに問題用紙とマークシートが配られた。バッグからシャープペンシルを取り出して、私はもう一度驚いた。問題の表紙に、「適性検査（SPI）試験」と書いてあったのだ。なぜ百貨店に入るためにスパイの適性が必要なのだ。内容はというと、知能試験のようなもので、国語系はともかく数学系の問題など、自分の脳みそで足し算をするのがほとんど五年ぶりくらいな人間には、まったくもってチンプンカンプン。そこで適当にマークシートを塗り潰《つぶ》し、ちっともスパイと関係ない試験内容であったなあなどと少しがっかりしつつ、あとはただぼんやりとしていた。

まったく辛気臭い場所だったわと、試験が終わってそのまま大学に行くと、まだ始業前で閑散とした学食には、砂子と二木君がいた。

「あら、可南子。京都から帰ってきてたの」

砂子が嬉《うれ》しそうに手を振った。二木君は煙草《たばこ》を吸いながら、読んでいた本からチラと目をあげて挨拶《あいさつ》した。

「うん、昨日ね。これおみやげ」

私は手にもっていた八橋をテーブルに置くと、ガタガタと椅子《いす》をひいて腰かけた。

砂子と二木君はさっそく包みを開けて、粉にむせつつ八橋を食べ始める。

「いま就職試験っつうもんを受けてきたわ」

ヘエ、と二人は間の抜けた声を上げる。

「どうだった」

聞いてくる二木君に、

「ニキちゃん、口に粉ついてる」

と注意しつつ、私はさっそく今日の報告をした。その結果、SPIというのはやはりスパイの試験ではなくて、就職試験で頻繁に実施される適性検査のことだとわかった。

「スパイならスペルはSPYだろ?」

二木君が冷静につっこみを入れたのだ。

「あ、そうか。そうだよね」

私は赤面しつつ、問題集で練習しておかないといけないのかなあと、暗澹《あんたん》たる気持ちでつぶやいた。しかし私たちがいくら頭をひねっても、なぜみんながみんなリクルートスーツだったのかはわからない。しばらく八橋を食べるモニュモニュという音だけが響いた。

「あれっ、藤崎さん」

妙に甲高い声に、もしやと思って振り向くと、そこには情報君こと笹本《ささもと》の姿があった。私が他学部の授業を取っていたときに知り合った男だ。三年の後期試験の前、彼はズーズーしくも見ず知らずの私に向かって、

「ノートを貸してくれない？」

と寄ってきたのだ。厚顔無恥な輩《やから》だとチラッと見上げると、笹本は酷《ひど》い趣味のネルシャツを着ていた。だから思い切り冷たく、

「あなた誰？」

と言ってやった。これで引き下がるだろうと思ったのに、彼は、

「あ、俺？　国際関係学の笹本」

と堂々と自己紹介など始める。

「君も三年でしょ？　就職活動も始まって、忙しくないの？　俺ぜんぜん授業出てな

くてさあ。でもたまに顔を出すと、必ず君が出席してたから。ね、ノート貸して」

「やだ」

あっさりと拒否し、私は席を立った。わけのわからぬ奴《やつ》には関わらないに限る。

ところが彼は、次の週に私を待ち構えていたのだ。もうノートは手に入れたらしいのだが、今度は私に就職活動の手順やノウハウについてレクチャーしはじめた。どこかでちゃっかりと名前と学部まで調べてきていた。

「だからさあ、まずは資料請求ハガキを出すわけ。まだなんにも出してないの、藤崎さん」

どうやらインターネットまで駆使して、企業の情報を集めているらしい。使命感に燃えた彼は、やがて文学部にまで出没するようになり、二木君や砂子に「情報君」と呼ばれ、忌《い》み嫌われている。しかしわざわざ文学部にまで来るわけだから、私たちもさすがに無下にもできずに、ありがたく貴重な情報を拝聴することにしている。

「久しぶりだなあ。就職課に寄ったついでに、来てみたんだ。休み中でも藤崎さんはいるかもしれないと思ってね」

情報君はすでにリクルートスーツを着用し、どこかの説明会帰りといった風情《ふぜい》だ。

「やあニキ君、スナコちゃん」などと挨拶する彼に、「なれなれしいな」と二木君が小

声でぼやいた。情報君はそれには気づかずに、勝手に椅子に座ると、

「それで、活動は進展した？」

　と期待に満ち満ちた目で私たちの顔を見回した。

「ううん。私が今日、初めて試験を受けた、っていうところ」

　教育の成果がまったく表れない私たちに、情報君は少しガッカリしたようだった。

「もうちょっと気合入れないと、どこにも決まらないぜ」

「ねえ、じゃあひとつ教えてくれる」

　砂子が愛想よく微笑《ほほえ》みながら言う。

「今日ね、可南子が『平服で』っていう指示どおりに平服で行ったら、みんなはリクルートスーツだったんですって。どうして？」

「えっ、藤崎さん、まさかその服で行っちゃったの？」

「だって『平服』だもん」

　情報君は私を上から下まで眺め、盛大なため息をついた。

「駄目だよー」

「なんで？」

「なんでって……マニュアル本に書いてあるよ」

ガクッと、本を読むポーズをとっていた二木君の肩が落ちた。砂子はもう笑顔を引っ込めている。

「本当に？」

本当にマニュアル本の言うとおりにしているのか、という意味で聞いたのだが、

「もちろんだよ。『無難が一番』って書いてあるよ」

と情報君は力強く請け合ってくれた。

「そういえば私、兄から聞いたことあるわ」

砂子が口を開いた。

「兄が就職活動していた時、ある面接会場にクマの着ぐるみを着た学生がいたんですって」

着ぐるみ……私たちは絶句した。

「みんなの注目の的だったんだけど、面接官はまったく動じずに、淡々と他の学生に対するのと同じ質問をするだけだったって」

「着ぐるみについてはまったく触れず？」

二木君が笑いながら聞く。

「うん。クマに対して、『じゃあまず志望動機から聞かせて下さい』って。『その格好

は何？』とか、まったく聞かないんだって」

「それは面接官の勝ちだな」

「うん。奇抜さが裏目に出たわよね」

「おっと、セミナーの時間だ。藤崎さん、今度からちゃんとリクルートスーツで行けよ」

着ぐるみで盛り上がりつつある二木君と砂子をあっさりと無視し、情報君は鞄《かばん》をつかむと、あたふたと学食から出て行った。

「セミナー？」

風のように去った彼を、呆《あき》れたように見送っていた二木君が、私に視線を戻して聞いた。

「就職活動用のセミナーなんだって。なんか自己分析とかいって、『自分という人間について語り合』ったりするらしいよ」

「洗脳系の自己啓発セミナーとどこが違うの、それ」

二木君はそう言ってブルブルと首を振ると、今度は本当に読書に没頭しはじめた。

空になった八橋の箱をつぶしてゴミ箱に捨てながら、マニュアル本の立ち読みくらいするべきなのかな、と私は思った。

「平服でと言われて平服で」行ってしまったのに、試験に通過したから一次面接に来いと連絡が入った。義母が電話を受けたので、

「今度はデパートですか」

と嫌みを言われる。電話の向こうで男が事務的に日時を告げ、わざわざ「平服で」と付け加えた。これは何かの陰謀なのだろうかと受話器を置きながら私は思った。言われるままに平服でやって来る人間を、「素直に人の言うことを聞き入れる奴」とチェックしておいて、後で高い壺《つぼ》でも売りつける気だろうか。どうしよう、強く迫られて思わず判を押しちゃって、借金苦にあえぐことになったりしたら……などと考えていたら、磨かれた廊下の角から弟が姿を現した。

「ねえ、旅人《たびと》。平服ってどういう意味?」

念のため確認しておこうと思ったのだ。

「普段に着る服、ってことですよ、おねいちゃん」

馬鹿《ばか》な子犬を見る目で私を一瞥《いちべつ》し、弟は夜遊びに出かけて行った。

なぜ私が筆記試験を通過したのか、そのわけはすぐにわかった。部屋には百人くら

いの学生が集められていたが、それはどうやら全部同じ大学の人間のようだ。つまり、大学名は問わないと言いつつも、こうやって大学名で選別されているらしい。自分のことは棚にあげて、マグレで受かっちゃう人間が多いことで有名な大学なのになあ、と、こんな杜撰《ずさん》な選定をしている会社の行く末を案じた。

もうわかっていたことだが、今回もすべての人間がリクルートスーツだった。私は半ば意地になっていて、また前回と同じ豹柄《ひょうがら》のブーツだった。部屋にはロの字型に並べられた机が点在している。グループ面接というわけだ。言われた席についた。学生八人ほどに対して、大学のOBだという社員が一人ついて、さまざまなことを質問する趣向らしい。一、「平服」がすなわち「リクルートスーツ」であるらしいこと。二、秘密裏に大学名で人を集めていること（それなら面倒なスパイ試験は省いてくれればよかったのだ）。以上の二点ですでに私は帰りたくなっていた。せっかく都心に来たし、漫画喫茶にでも寄ろうか、とため息をついてバッグに手をかけたとき、大学のOBらしい面接官が席についた。どうやら帰るタイミングを逸してしまったらしい。

面接官は萩原《はぎわら》健一に似ていた。彼の下まつげは長く、私はずっとそれをぼんやりと眺めていたので、どんな質問をされ、どんな答えを返したか、よく覚えていない。たぶん可もなく不可もなくだったのだろう。どうでもいいときは、いくらでも「無難」

な人間になれるのだ。

隣の女の子は、

「私は子供がとっても好きなので、子供服売り場で……」

などと熱心に話している。私は基本的に、子供が好きだと公言する女を信用しない。そこに何か、母性本能のある優しくて女らしい女なのよ、といういやらしいアピールを感じるからだ。そういうのに限って子供を虐待《ぎゃくたい》する。だいたい赤ん坊のウンチは水っぽくて、とっても飛ぶものなのよ。それでもいいの。

五つ離れた弟が赤ん坊だったときのことを思いだし、私はクスッと笑った。あの頃はまだ、父も家にいたのだ。父は畳に飛んだウンチに気づかず、オムツを替えようと奮闘する義母を手伝おうと近寄って、思いきりソレを踏ん付けたのだった……。

うっすらと笑っている私に気づいたのか、萩原健一似の面接官は、

「藤崎さんは何か質問はありませんか？」

と柔らかく聞いた。面接が始まってからの短い時間で、私は彼を気に入っていた。彼が傲慢《ごうまん》でもなく卑屈でもなく、また、大胆だが無恥ではないと思われたからだ。私は各々の手元に配布されていた会社の資料を改めて眺め、

「社内結婚率が高いように思われますが、結婚しないと肩身が狭いですか」

と聞いた。ショーケンは穏やかにほほえむと、

「結婚する気はありませんか」

と切り返す。

「今のところ確たる約束を言い交わした相手はおりません」

彼はフフッと笑い、

「狭くはありません。むしろ優雅にヴァカンスを楽しんでいるようですよ」

と答えた。そして「最後に」と見回す。

「学生時代にこれを一番一生懸命やった、ということを教えてください」

ショーケンは一番近い席に座っていた私を目で指した。咄嗟《とっさ》のことだし、考えるまでもない。

「漫画を読むことです」

プッと失笑が起きた。向かいの席の男だ。

順に一人ずつ答えてゆき、彼の番になった。

「うーん、彼女を大切にすることかな」

私はガーンと机を蹴倒《けたお》し、男の襟首をつかんで背後の窓に何度も何度もたたきつけ、べっとりとガラスに血糊《ちのり》が流れ、ついにガラスを男の頭が突き破ると、頸動脈《けいどうみゃく》が切れ

て音を立てて血が噴き出るのもかまわずに再び頭を室内に引っ張り入れ、今度は傍らの白い壁に脳漿《のうしよう》をぶちまけるまでパイプ椅子《いす》で殴りつけてやった。それでもまだ足りずに床に倒れた男を豹柄のブーツでこれでもかと踏みにじっていると、

「おつかれさま、今日はこれまで」

とショーケンが言って、解散になった。ガタガタと席を立って、ショーケンに挨拶《あいさつ》してみな部屋を出て行く。いけ好かない男を想像の中で思う存分ブチ殺していたせいで、私は出遅れた。慌《あわ》てて資料をまとめていると、ショーケンは、

「君の手、綺麗《きれい》だね」

という。お陰様で私はまったく家事労働から解放されている身なので、これまでも手を褒められたことは数限りなくある。もちろん短く形よく爪《つめ》を切り、美しくマニキュアを塗ることも怠《おこた》らない。

「ありがとうございます」

今の今まで殺戮《さつりく》を行っていたとは微塵《みじん》も感じさせずに、優雅に礼を言って私も部屋を後にした。

ようやく始業になった大学に、私はいそいそと出かけた。大学があってもなくても、

同じようにダラダラしている人間にとっては、長い休みもしまいの頃になると、そろそろ人と話したくてたまらなくなるものなのだ。特に今は就職活動というビッグイベントに参加しているという一体感がある。この間はゆっくりと話せなかった砂子と二木君に、あのいけ好かない男の事を報告しようと、私ははりきっていた。

誰にも何も干渉されず、好きなことを好きなだけ自分のペースでやることができる大学生活というのが、私の性には合っていて、それもこの一年で終わりなのかと思うと、なんとも言えぬ寂しさがある。ちょっと感傷的になりながら教室の扉を開けると、スーツ姿の者もチラホラと見られる。挨拶をかわしながら、砂子の隣に座った。

「どう？　百貨店はその後」

砂子はニコニコと聞いてきたが、しかし私の視線は彼女の手に集中していた。また新しい指輪を右手の薬指にしているではないか。

「ちょっとスナコ、その指輪はどうしたことなの？」

その時、教授が入って来た。

「後で学食で話しましょ」

と言って、砂子はフフフと笑った。

私の友人には一体感も感傷も、異国の言葉のように通じないものなのだということを、私は改めて思い知らされることになった。

学食には、ハナから授業に出る気のなかったらしい二木君がいて、いつもどおり本からチラと目をあげて挨拶した。私たちは二木君と同じテーブルにつくと、さっそく会話を再開させた。

「で、その指輪どうしたの？」

「もちろん買ってもらったのよ」

一体何人目だ。二木君と私は視線を交わし、ため息をついた。砂子はとても華やかな容姿をしていて、いつでも誰かしらかっこいい男とつきあっている。今度も哀れ、砂子の魅力にノックアウトされた男が、彼女に指輪を買い与えたのだろう。しかし砂子には悪い癖があって、つれなくされるほど燃えるタイプなのだ。こんなふうに指輪を買ってもらったりするということは、そろそろ彼女が相手の男に飽きる頃合いということになる。砂子とずっとつきあっていきたかったら、せいぜい冷たくすげなく彼女をあしらえばいいのだが、恋に狂う男たちは結局最後には彼女にメロメロになってしまう。

「メロメロ？」

二木君が笑いを含んだ声で言った。ハッと我に返る。どうやら「またもやメロメロか……」と声に出して言ってしまったらしい。

「可南子は言葉が古いんだよな」

砂子もそうそうと頷《うなず》く。

「ずっとおじいさんとつきあってるからよ」

「ほっといてよ」

私はバッグからゴソゴソと煙草《たばこ》を引っ張り出すと、火を点《つ》けた。

「禁煙してたんじゃなかったっけ」

すでに吸い殻が山盛りになった灰皿を押しやってくれながら、二木君が言う。

「花粉症の時は吸うと楽になるのよ」

プカー、と煙を吐き出しながら、投げやりに答えた。

「だいたいあなたたち、就職活動はどうしたのよ。あたしが『彼女を大事にすることかな』なんてホザく馬鹿な男を百万回ぐらい想像の中で殺してる間、あなたたち何してたの」

「彼氏とイチャイチャしてた」

「本読んでた」

もうやだ。こいつら人生なめてるよ。滂沱《ぼうだ》の涙を流しながらスパスパと煙草を吸う私に、二人は「それで、なんなのそのおかしなこと言う男は」と興味津々《しんしん》で尋ねるのだった。

一通り様子を説明すると、二木君は鼻で笑った。それから、

「それにしても、西園寺さんといい、その面接官といい、どうして可南子は末端ばかり褒められるのかなあ」

と腕を組む。そりゃあ私は砂子のように美人というわけではなく、足とか手とかしか褒める場所がないからだろう。

私がムッツリと黙り込んでいる間に、

「そういえば可南子は鬼子母神の縁日で、手相見のおじさんに、『君の手は本当に美しい』ってギュッと握られたまま離してもらえなかったこともあったよねえ」

などと、他人事だと思って二人はひとしきり盛りあがる。

「結局、可南子はフェチの人に好かれやすいのよ」

さんざん笑っておいてから、砂子は私に同情している素振りを見せた。

「西園寺さんは別にして、面接官の人はただ見たままに感想を言ってくれた、というだけだよ。フェチとか、そういうんじゃなくて」

フーン？　と二木君も砂子も疑わしそうである。

「ホントだって。萩原健一に似た、ちょっと良い男だったけどね」

ゲーッ、と砂子が嫌そうな顔をした。

「私あんなヘンな走り方する人キライ」

ハ？　と思う間もなく、二木君が突っ込んだ。

「スナコ、それは萩本欽一《はぎもときんいち》」

あのねー。ガックリと脱力した私に、赤面した砂子が必死に弁解する。

「だって、可南子はオジサン趣味だから、てっきりキンドンのことかと思ったのよー」

そうしたら二木君までが、

「まあ書道家のおじいさんとつきあってたら、萩原健一でも充分『若くてかっこよい男』ってことになるんだろうな」

などとからかう。

「もーいい。あなたたちにイベントへの参加と世間並の一体感を期待した私が馬鹿だったのよ」

ヨロヨロと席を立った私に、砂子は、

「あら、もう帰っちゃうの？」

とのんびりと言った。ショーケースをのぞき込んで、どうやら何か食べるつもりらしい。しかし私はどうにも疲れが襲ってきて、やはりもう帰ることにした。夕方からは喫茶店でのアルバイトもある。きっと今日あたり西園寺さんと会えるだろう。

「情報君に少し感化されて、昨日ホームページで調べた。丸川書店が今ちょうど書類を配ってるから、明日取りに行こう」

二木君が背後から声をかけてきた。そういえばもうエントリーシートを配っているんだったと、就職課の掲示板を思い出し、私は了承の印にヒラヒラと手を振った。

新宿から私鉄で一時間。K県のF市に家はある。そして広大な家を嫌う割には、自分の部屋でのんびりと過ごすのが好きな私は、最寄り駅にある小さな喫茶店で、楽なアルバイトをしていた。西園寺さんと会ったのも、この喫茶店だ。彼はその店の常連で、私の脚がとても綺麗だと言ってくれた。そしてある夏の日、サンダルを履いた私の足の小指に、ちゃんと爪があることを確認してから、彼は私を誘ったのだ。

それからは私がアルバイトで店に入る時は、三回に一回は顔を見せるのが暗黙の了解になっていた。それも彼が、あまり頻繁にやってきて嫌われてしまったら困ると、三回に一回に抑えているのを、私は知っている。そんな西園寺さんを、もう本当におじいさんなのに、私はとても可愛《かわい》いと思ってしまうのだ。だからまわりがなんと言おうとも、私たちは結構相思相愛、それこそメロメロなのだった。

しかしその日、西園寺さんは喫茶店にやって来なかった。仕事の最後に店の前を掃除し、通りを眺めながら、「どうしたのだろう」と少し不安を覚えた。京都から帰ってから、まったく連絡もないし姿も見えないとは。狭い町のことだ。道を歩けば知った顔に出会うというのに、どうしてこう会いたい人とは会えないのだろうか。私は今西園寺さんに会って、始めたばかりでとまどうことの多い就職活動について、相談に乗ってもらいたかった。それなのに、こんなに音沙汰《おとさた》がないのは初めてのことだ。

体の具合でも悪いのだろうか、といてもたってもいられぬ気持ちだったが、私は彼の電話番号さえ知らなかった。西園寺さんの家には、奥さんは亡《な》くなってしまっているそうだが、妹さんと息子夫婦と孫がいる。まだちゃんと家族の機能を果たしている家がある。ただ広いだけの私の家とは違うのだ。だからこれまで電話をしたことはなかったし、してはいけないと思うから番号も聞かなかった。住所はわかるから手紙を書いてみよう、と心に決めて、私は看板をエッチラオッチラと店の中にしまった。

京都旅行の礼を言い、西園寺さんの健康を気遣い、なおかつ愚痴にならぬように近況を伝える、というのは思いのほか難しく、何度も書き直して、夜半過ぎにようやく封をした。文机《ふづくえ》に置かれたスタンドの明かりで、今度はペディキュアを確認する。西園寺さんに塗ってもらったそれは、まだ美しい光沢を保っている。少し安心して明かりを消すと、私はモゾモゾと布団《ふとん》に入った。四月も半ばに差しかかろうというのに、私は未《いま》だに電気アンカを入れている。足の指先がすぐに冷たくなってしまうからだ。しかしアンカを入れてからかれこれ三時間は経過しているので、さすがに布団の中が暑すぎる。私は無精をして、足でエイエイとアンカを布団から外へ追い出した。そして、さて追い出したアンカのスイッチを切るには起き上がらねばならないが、どうしたものかとしばし考えた。

枕元《まくらもと》の障子の向こうでは、風が強いのだろう、恐ろしいほど激しく竹がざわめいている。なんだか心細くなって、やっぱりアンカのスイッチは知らんぷりしよう、デンコちゃんに怒られてもかまうものか、と布団をかぶった。

すると廊下がミシリミシリときしむ音がする。そっと布団から目だけ出して様子をうかがうと、廊下に面した障子に影が映っている。いいところに帰って来た。

「旅人《たびと》、旅人」

布団の中から呼ぶと、部屋の前を通り過ぎようとしていた影は立ち止まり、一瞬の間をおいてから障子が開いた。

「起こしたか？」

一歩部屋に入り、布団と一体化した私を見下ろして、弟はひそめた声で言った。銀のピアスが外の光を反射して、一瞬輝いた。

「ううん、寝るとこだったの。あのね」

私は布団から手を出すと、自分の足元の方を指した。

「そのへんにアンカが転がってるでしょ。スイッチ切ってくれない？」

「おまえなー」

怒りを通り越して呆《あき》れた声で、弟は息を吐いた。

「こんなのちょっと起き上がればいいことだろ。わざわざ俺を呼び止めるなよ」

言いながらも、私の究極のグータラぶりには生まれた時から慣らされている弟は、身をかがめてスイッチを切ってくれた。

「ありがと」

胸ポケットを探りながら部屋を出ようとした弟は、煙草を切らしていたらしい。私を振り返った。

「おねえさま、煙草あります？」

私は出していた手で、今度は机を指した。机に歩み寄ると、スタンドを点けて弟は煙草《たばこ》を探し、一本抜いてくわえた。しかし寝ている私の前で吸う気はないらしい。

「旅人、あんた夜遊びしすぎだよ。お義母《かあ》さん心配してる。それに煙草も控えなね、高校生なんだから」

でっかく育った弟は、口元で笑った。

「最近は夜遊びじゃねえよ。パソコン教室行ってんの」

「何それ」

こんな夜中までかかるパソコン教室があるものか。それにこの弟は、なんでも一人で器用にこなすのだ。現にパソコンで何やら私にはわからないことをゴチャゴチャとやるのは、すでにお手のものらしい。

「もう背も伸びたし、煙草も解禁だろ」

中学生の頃、いきがって煙草など吸う弟に、私はトクトクと説教を垂れてやったものだ。背が小さい奴《やつ》に限って、学生服姿で煙草を吸いたがる。私の独自の統計によると、中学から常習的に煙草を吸っていた男は、たいがい背が伸びないのだ。だから、いきがる前に客観的に自分を見て、ちゃんと背を伸ばしてから煙草を吸うようにせよ、と。弟は言うとおりにした。彼は常に冷静に理性的にありたいと願うタイプの男なので、客観性に欠ける人間だと思われるのは屈辱なのだ。それからは毎日牛乳を一リットル飲んでいた（もちろん人目を忍んで）。私の統計に基づく的確なアドヴァイスと、彼自身の地道な努力によって、旅人は今や180の大台に乗る身長の持ち主である。

「そうだけど、何かに中毒になるほどのめり込むっていうのも、あまり格好のいいものじゃないでしょ」

ややニコチン中毒気味の弟を案じていることがわかったのか、彼は黙って電気を消した。くわえていた煙草を指に挟んで、ピラピラと振ってから部屋を出る。

「可南子は相変わらず字が下手な」

そう言って障子を閉め、廊下を去って行く弟の気配が完全に消えたころ、ようやく私は机の上の西園寺さん宛《あ》ての封筒を見られたことに気づき、暗闇《くらやみ》の中でひとり、ああと呻《うめ》いた。

翌日は昼前に起き出して、慌《あわ》てて大学へと向かった。弟はとっくに、元気に学校に出かけたようだ。若さには勝てぬ。最寄りのM駅まで走り、途中のポストに手紙を投《とう》函《かん》した。アルバイト先の喫茶店のマスターが、店の前に水をまいていた。

「可南子ちゃん、これからガッコウかい？」

商店街を走り抜けながら、

「遅刻ですー」

と返した。一体こんなどんよりと曇った、今にも降り出しそうな日に、なぜ水をまく必要があるのか。マスターのやることはいつも要領が悪く、的を外している。それでも喫茶店に常連客がつき、そこそこ繁盛《はんじょう》しているのは、ひとえにマスターののんびりした人柄と、私のスマイルのおかげであろう。

電車に飛び乗り、今度賃上げを要求してみようなどと考えながら、ガラガラの座席に腰をおろした。白く靄《もや》がかかったような窓の外の景色を眺めているうちに、すぐに睡魔がやって来た。

かなり単位を取り残しているので、なんだかんだで週に四日は授業が入っている。三十分遅刻したもののなんとか出席し、ようやく終わったときにはすでに三時をすぎていた。空はますます暗くなり、何やら不穏な雰囲気である。学食をのぞいてみたが、二木君はいなかった。砂子の姿もない。彼女は今日は授業が入っていないのだろう。まだ新学年が始まったばかりで、お互いのスケジュールをよく把握していないうえに、誰も携帯などを持っていないので、会うのはまったくいきあたりばったりという有り様だ。誰か一人でもイニシアチブを取るような覇気のある人がいればいいのだが、このメンバーでは期待するのもむなしい。

二木君を探して、図書館に行ってみた。案の定ソファーを占領して寝こけている彼を見つけることができた。

「ニキちゃん、ニキちゃん」

辺りをはばかって顔を近づけて声をかけると、胸の上で手を組み合わせ、お棺に入れられる時のような格好で静かに眠っていた二木君は、そのままムクリと上半身を起こした。吸血鬼のような覚醒《かくせい》の仕方にややたじろいでいると、彼はようやく目を開けて、節ばっていない指で猫っ毛を整え、私を見た。

「あ、可南子。授業終わった？」

うなずいて、私は聞いた。

「ニキちゃん、授業何限だったの」

「二限」

ゲッ、では昼からずっと待っていたのか。私が謝ると、彼は首を振った。

「いいんだ。今日は寝不足気味だったから、このくらいの時間に来てくれてちょうどよかった」

立ち上がった彼は、司書の冷たい眼差《まなざ》しにはまったく気づかずに大きく伸びをする

と、

「じゃあ行こうか」

と事もなげに言った。


大学から地下鉄で二駅目に、丸川書店はあるらしい。目指す駅につき、橋のたもとにある改札を出て、さて私たちは途方に暮れた。もちろんどちらも地図などという気の利《き》いたものは持っていない。予想に反して、駅から丸川書店のビルはまったく見えなかった。

「案外小さいのかしら、丸川って」

そういう問題じゃないだろう、と言いたげに二木君は私を見、そして手のひらで落ちてきた水滴を受けた。

「降ってきた」

慌ててあたりを見回すと交番があったので、ためらわずに私たちはおまわりさんのお世話になることにした。

「三つめの交差点を右にまがった右手」

おまわりさんはよどみなく答える。今日だけで百十三回ぐらい丸川への道を尋ねられた、といった風情《ふぜい》だ。

「ずいぶんライバルが多いみたいだね」

ポツポツと雨の降る中を歩きだしながら、冗談めかして私は傍らの二木君に言った。

「どうしてみんな地図を持って来ないんだろう」

と、二木君は他人事のように言った。どうも今日の二木君は、いつにも増して存在感が希薄である。道を歩いていても、よく人にぶつかられ、そのたびに背が高く痩《や》せている二木君はよろけるので、私は手を引いて歩いてあげた。何か悩み事でもあるのだろうか、とときどき彼を見上げてみるが、表情からは何もうかがえなかった。

言われたとおり、大通りから一本脇道《わきみち》へ入ると、右手に大きなキンピカの建物があった。

「すっ、すごいねーニキちゃん。新興宗教の建物みたいだよ」

二木君もあんぐりと口をあけて、二人でしばし呆然《ぼうぜん》としていた。

「ホントにこれなのか」

ちょっと嫌そうに二木君はつぶやく。たしかに建物の趣味は悪いとしか言いようがなかった。

「うん。だってホラ」

大きな玄関の自動扉の上には、これまた金色に輝く、シンボルマークのウサギがはめ込まれている。

「噂《うわさ》どおり、神がかってるな」

諦《あきら》めたのか、二木君はスタスタと建物に入って行った。私も慌てて後を追う。

玄関ホールが、これまた曼陀羅《まんだら》のような意匠のタイル張りで、なぜか隅には甲冑《かっちゅう》がおいてある。

「な、なにあれ。出版社なのに」

「映画で使ったんじゃないか？」

ボソボソと言っていると、ものすごく化粧が濃い受付のお姉さんが、

「エントリーシートですね、どうぞ」

と渡してくれた。どうやらサッサと出て行けということらしかったので、礼を言ってそそくさと退散することにした。

新興宗教御殿から出ると、わずかの間に雨は本降りになってしまっていた。

「タタリじゃあ」

などと馬鹿《ばか》な事を言いつつ、駅前まで走って戻る。なんだか疲れたので、適当な店に入ることにした。

二木君はずっと昼寝していてご飯を食べていなかった。私は家を出る前に、「また寝坊ですか」という義母のお小言にもめげずに、しっかりと食べて来ている。アイスティーを飲みながら、バクバクとサンドイッチを腹に収めていく二木君を眺めていた。

またたくまにサンドイッチを食べ終わると、二木君はようやく一息ついて、コーヒーを飲んだ。テーブルの上に置いた煙草を取ろうとして、彼は隣の席を見やり、手を引っ込めた。私は黙って、激しく雨が降りつけているガラス窓から、ぼんやりと町を眺めていた。もらってきたエントリーシートと会社案内を何の気なしにめくり、二木君はプッと吹き出す。

「なに？」

店内に視線を戻した私に、彼は会社案内を示した。

「これ、この社長の名前、すごいよ」

見ると、顔写真と共に丸川書店の社長の名がデカデカと印刷されているページがあった。

「丸川羅王蔵……らおぞう？」

「すごいよなあ、本名かな、これ」

「なんで会社経営するのにペンネームが必要なのよ。本名でしょう」

「すげーなあ、ラオゾー。丸川の帝王となるべく名づけられた、って感じだ」

二木君は感心することしきりといったところだ。

「いいねえ、出版社の社長のドラ息子とかに生まれたかったな、私。それで『北斗の拳《けん》』に悪役として無理やり登場するの。ラオゾー」

ヒャヒャヒャ、出てきそうだーと二木君は笑った。隣でケーキを食べていた小さな女の子とその母親が、二木君の変な笑い声に驚いてこちらを見ていた。それからしばし私たちは、出版社は同族経営が多いから、どんなに働いても私たちは社長にはなれないんだねえ、などと、まるでもう出版社に入ったかのような会話をした。未《いま》だに血族で経営権を握るとは、案外出版界は旧弊《きゅうへい》なところだ、と偉そうな結論に達したところで、私たちの間にまた沈黙がおりた。

遠くで雷が鳴った。二木君はまた、何かボンヤリと考えている。

「……ニキちゃんさ、今日はちょっといつもと違うね。何かあったの？」

二木君は私を「鋭いね」というように見、観念して言った。

「可南子さあ、卒論は『男惚《ぼ》れについて』なんだろ？」

「うん、そうだよ」

残った氷を食べようと、グラスを傾けながら、私はうなずいた。古今の文献や映画、演劇にあたって、男惚れの実態とその表現を分析し、そこに秘められた性意識と差別性をさぐるのが、私の研究課題である。二木君は思い切ったように、一気に言った。

「僕さ、ホモかもしれない」

グラスを滑り落ちてきた氷を口に含んだばかりだったが、私は思わず、それをグラスに吐きもどしてしまった。

「……なんでそう思うの」

突然のことだったので、慎重に質問した。確かに大学で知り合ってから、二木君が女の子と特別につきあっているという話を聞いたことはないが、しかしそれだけで判断するのは早計だろう。

「前々から、友達として一緒にいるのは、女の子の方が気楽で、好きだなあと思ってたんだ。でも、昨日本当にわかった。僕がずっと側《そば》にいてほしいと思うのは、何かしてあげたいししてほしいと期待するのは、いつだって男に対してなんだ」

一体昨日の「何が」きっかけで解脱《げだつ》にいたったのか知りたい気もしたが、やはり踏み込みすぎるのも失礼かと、そこには触れないことにした。

「……それじゃあニキちゃんは、心情としては女の子に近いのかしら」

冷めてしまったコーヒーを傾け、二木君は少し首をかしげた。

「さあ、どうなんだろう。今まで女性に対して性的なものを感じることがなくて、変だなあとは思ってたんだけどさ」

な、なんというのんびり屋なのであろうか。二十もすぎた男が、「変だなあ」で今まですませてきたというのが恐ろしい。

「でも僕には男とか女とか、そういうのはよくわかんないし、可南子やスナちゃんと一緒にいれば楽しいし、頭では『男は女を愛するべし』っていう知識もあるから、まあ男友達とも普通にやってきたし……だから男に対して性欲がもてるのかどうかは、『もしやホモかも』という可能性に思い至って間もないから、まだわからない」

ますます「昨日」何があったのか、好奇心の虫を抑えるのに苦労して、私は再び氷を口に含んだ。しかしなるほど、二木君がほとんど無性に近いことは、よくわかった。今までも彼は、あまり生物としての性を感じさせない人で、だからこそ砂子と私は、二木君とサッパリとした友情を結んできたのだ。そして、二木君が男を愛そうが犬を愛そうが性的には誰のことも欲しなかろうが、それで私の二木君への心が変わるというものではない。反対に二木君も、セックスとしてもジェンダーとしても今は混乱しているだろうが、それで私たちとの今までの関係が終わるというものでもないだろう。そこまで考えて、ようやく私は動揺を乗り越えた。

「ニキちゃん、私は生物学的に『男』じゃないし、今まで何も考えずに自分と違った性別の人を好きになってきたから、ニキちゃんの悩みに答えは出せないけど、話を聞くことはできるよ」

うまく伝えられないけれど、一人で考え込んでほしくなくて、私は言った。それに、これは考え込むことではないのだ。好きになったら、相手が何だろうとそれでいいし、たとえ二木君が性的に誰のことも愛せなくても、私たちは友人として愛し合っている。二木君が愛を知らぬ人でないことは充分わかっているのだから、それでいい。

カッと稲光が射《さ》し、二木君の顔に、窓を伝い落ちる水滴の影が幾筋も映った。こんな映画のワンシーンがあった、と私は思った。あの映画では、男の顔に、まるで涙のように雨粒の影が映ったものだが、今は冷や汗のように二木君の顔を伝っている。何事も映画のようにはいかない。しかし、二木君は笑ってくれた。

「『友達は人間に対する最高の尊称』ってのは、本当だな」

二木君は少女漫画をかなり読んでいるのだ。私もすぐに、出典がわかった。照れ臭くなってうつむいている私たちを、またもや隣の母子《おやこ》がうさんくさげに眺めた。私たちは店を出て、少し明るくなった空の下を、生暖かい春の雨に打たれながら駅まで走った。お茶は二木君がおごってくれた。

私は帰りの電車の中で、前に砂子に、

「私、デブ専かもしれないの」

と相談されたときのことを思い出した。あのときも、思わず食べていた大判焼きを噴いてしまったのだ。彼女は笑いをこらえる私に、

「太っている人がガツガツ食べているのを見ると、『ああ、そんなに食べちゃあ』って心配で胸が痛んで、栄養士になって食事療法をしてあげたい、って思っちゃうの。ねえ、私ってデブ専なの?」

と切々と訴えたものだ。それはただ、あなたが優しい人だということであって、世間で言う「デブ専」というのとはちょっと違うのだ、と私は説明した。それで砂子は、安心したようにもがっかりしたようにも見える微笑を浮かべたが、今回の二木君に対しては、何も説明も意見も言うことはできない。

肝心の時に何も言えぬ自分がもどかしい。砂子ならきっと、ちょっととぼけた、でも人の心を軽くする一言を言えるのだろうにと、ため息をついた。気を紛らわすために開いた丸川書店の会社案内の中で、羅王蔵氏が神経質そうな目で、しかし不敵な笑いを浮かべてこちらを見ていた。

二、応募

二次面接に「今度はスーツ着用で」来るように、と百貨店から連絡があった。「それだけ重大な局面に差しかかっているのだ」と連絡してきた人事の男は言いたそうだったが、今度は逆に、まわりは平服、私一人だけリクルートスーツ姿、という恐ろしい状況になるのではないかと、不安になった。しかし、そこは大人らしく、内心の動揺など微塵《みじん》も感じさせずに、

「はい、わかりました」

と私は素直に答え、素直にリクルートスーツを着て、面接会場のある駅に降り立った。百貨店の研修所があるらしいその小さな駅には、リクルートスーツの人間があふれていた。小さな煙草《たばこ》屋や八百屋が立ち並ぶクネクネとした古い商店街を、リクルー

トスーツの群れが行く。私も群れの一員となって、地図も見ずに流れに身をゆだね、目的地まで運ばれるのを待った。と、そのとき前方から、『彼女を大切にする男』がやってくるのに気づいた。なんと、彼も二次面接に呼ばれていたのだ。面接を終えて、駅へと向かうところなのだろう。

いったいあの面接に、どんな判断基準があったのか、はなはだ疑問だ。やっぱりショーケンは信用できない。社割で服を買おうなんて考えていた私も不真面目《ふまじめ》だが、それにしても彼と私が同じくクリアしたというのは解せない。この事実に、私はいたく打ちのめされた。ちょうどすれ違った時に（彼はもちろん私に気づかない）、思いっきりラリアートをかましてアスファルトに引きずり倒し、マンホールに落として蓋《ふた》をしてしまう妄想を発動させようとしたが、もうそんな気力も出なかった。

傷心のままにヨロヨロと群れからはずれ、目に止まった小さな古本屋に入ることにした。そこでは信じられぬことに、絶版になって手に入らない文庫が百円で、有名な古本屋で一冊八百円で取引されている『キン肉マン』の単行本（それも三十巻目以降で初版！）にいたっては三冊百円で、売られていたのであった。嬉《うれ》しくて近年まれに見るほど興奮したが、ここであまり狂喜しては店の者に価値を悟られると思い、至極冷静に、つまらなそうに、私がなくしてしまった巻（そういうことには驚異的な記憶力を有しているのだ）の『キン肉マン』と、読みたかった文庫を購入した。店番のおばさんは、古本屋にあるまじき人当たりの良さで、近所のスーパーのビニール袋（再利用）に、結構な量となった本を入れてくれた。古本屋ではかつて味わったことのないほどのその親切に、私の良心は痛んだ。そこで、少しためらいながらも切り出すことにした。

「あのー」

旧式のレジスターからお釣りをつかみだしたおばさんに、私は声をかける。

「はい？」

おばさんは釣りを差し出しながら、ニコニコと答える。やっぱり古本屋らしくない愛想の良さだ。

「ここにある漫画、専門の古本屋ではけっこう高値で取引されているものもあるんですけど、いいんですか？」

余計なお世話と言われるだろうと覚悟しつつ、私は言った。

「まあ、そうですか。へえー。私は古本には実は全然詳しくないんですよ」

おばさんは朗らかに笑った。きっとこの店は、頑固な舅《しゅうと》が残したもので、彼女の旦《だん》那《な》は会社勤めをしていて古本にはまったく興味がなく、仕方なく彼女が店を守っている、といったところだろうと私は当たりをつけた。

「この辺も何年かしたら道路が拡張されるらしいし、まあそれまで一応店は開いているつもりですけれど、それも主人が会社に行ってる間の時間潰《つぶ》しですから」

どうやら予想どおりの店の状態らしい。すばやくレジの内側を見て、古書組合の許認可状が傾いたまま長らく放置されていることを確認した。これは他の古本屋とのつきあいもなく、市にも出入りしていないだろう。

「あの、もしもですが、もしも漫画を処分するようなことがあったら、ここにご一報下さいませんか」

私はおばさんが何か言う前に、素早く手帳に連絡先を書き、破って渡した。

「ここにある漫画をぜひ引き取りたいんです。今はまとまったお金がないので。これからもちょくちょく買いに来ますから」

おばさんは、

「それはいいけど。こんな古びた漫画をねえ」

と不思議そうだった。だが漫画好きにとっては、そのままゴミにされてしまうのは我慢がならない。店を辞そうと戸口に向かう途中、崩れかけている玉石混淆《ぎょくせきこんこう》の漫画の山の奥から、また古い少女漫画を見つけだしてしまった。私はもちろん、漫画を持ってレジのおばさんのもとへ戻った。その往復を幾度か繰り返し、おばさんに失笑されながら、ようやく私は店を出た。

また腕が抜けそうなほど買ってしまった、とひとりで苦笑しつつも、充実していく押し入れの漫画のコレクションを思い浮かべれば重さなどなにほどのものでもなく、ウキウキと駅へ戻って電車に乗った。多摩川を越えるときに、ようやく、自分がなんの目的があってあの小さな駅に降りたかを思い出したが、すでに電車は私を乗せて、山の方へとひたすらに走っていく。

それから四月が終わるまでの二週間は、出版社のエントリーシート書きに費やされた。「好きな本や雑誌」「感動したこと」「嬉しかったこと」「これからの出版界はどうなるか」「どんな出版物をつくりたいか具体的に」……聞いてどうする、と脱力するような項目や作文の題目が延々と続き、一体原稿用紙にしてどれくらいの量の文章を書かされたかわからない。しかも、レポートも提出日直前にならないと書き出さない性格はいかんともしがたく、どの出版社のエントリーシートもギリギリになってから書き始める有り様。とはいっても、漫画の編集者になるという目標があるから、百貨店の時とはやる気がちがう。ヒーヒーと言いながら自転車を漕《こ》ぎ、町の郵便局の本局まで行って速達で出すという行為を繰り返した。

それでも大学にはマメに行き、喫茶店のアルバイトもやり、漫画喫茶で『ゴルゴ13』を読破し、と砂子《すなこ》と二木《にき》君に言わせれば「マイペース」な日々なのだった。私たちは相も変わらず学食でダラダラと過ごした。まわりはすでに何十社と接触しているというのに、このメンバーでは「具体的に接触したのは一社だけ」の私が一番就職活動している、という根拠のない余裕ぶりはなんなのか。ポカポカと温かい春の日差しに晒《さら》されながら、学食の「テラス」（という大学側の命名は浸透せず、そこを「雨ざらし」と学生は呼んでいた）で私たちはくつろぐ。

授業時間中の学食は静まり返っていた。

こんな時期に大学にいる四年生はあまりいない。そうは言っても、私たちのクラスは、この大学全体の中でも最も就職活動率の低い場所だろう。先生たちも、「出席率が高いのは結構ですが、就職活動はしているんですか」と一応は心配そうだ。しかし切迫した雰囲気はない。学生も先生も、「諦観《ていかん》」と言えば言葉は格好よいが、つまりは将来について何も考えておらず、霞《かすみ》でも食べていくつもりなのか、とほかのクラスの人間にからかわれるほど、みんな浮き世ばなれしている。それというのも、ここはただでさえ無用の長物とされている文学部の中でも、一番潰しがきかないことで有名な、民俗芸能やら演劇やら映画やらを好む人間の集うクラスだからだ。一晩中、ボーッと神楽《かぐら》を眺めていたり、映画を眺めていたりする人間に、会社に入ってテキパキと得意先を回ったりという離れ業ができるわけがない。つまりはダメ人間の集まりなのだった。

古本屋に夢中になって面接をすっぽかした己を反省する私を尻目《しりめ》に、砂子はパクパクと「サラダ丼《どん》」を食べている。二木君はスースーと軽い寝息を立てて、春の日差しを満喫している。私も気持ちを切り替えて、「スパゲティーミートソース」を食べることにした。この三年で私は、この定番メニューの麺《めん》のゆで具合にも一家言持つほどの、「スパミート通」になった。食堂の「麺類」担当のおばちゃんともすっかり顔なじみだ。

「おばちゃん、スパミート」

「あら、可南子《かなこ》ちゃん」

後進の指導にあたっていたおばちゃんは、私を見ると、手ずから麺をゆではじめた。新米のゆでては私を満足させられぬと思ったらしい。

「あんた、もう四年でしょ。大学来てて大丈夫なの？」

冷凍麺をほどよくゆであげ、缶詰のミートソースをたっぷりかけてくれながら、おばちゃんは聞く。

「うーん、あんまり大丈夫じゃないです。この間もつい、面接忘れちゃったし」

次の人の「山菜うどん」の作り方を新人に指導しながら、おばちゃんは笑った。

「あんたたちは、どうも抜けてるからねえ。霞とスパミートしか食べない、ってあたしらの間じゃ有名だよ」

私が三年にわたって熱心に布教活動をしたおかげで、クラスにはかなりの数の「学食のスパミート愛好者」が存在する。しかし、そんなことにばかり熱心でどうするのだろう。力なく挨拶《あいさつ》して、私は「雨ざらし」にいる二人のもとに戻った。

砂子はちょうどサラダ丼を食べ終わったところらしく、寝ている二木君をグラグラと揺すって起こしていた。

「ニキちゃん、聞いて。あっ、可南子も聞いて」

「まーたスパミート食べるの?」

二木君とは、あれからも何も変わりなく付き合っている。寝起きの目をこすりながら呆《あき》れた声を出す二木君のシャツを、砂子はグイグイと引っ張った。

「ねえー、私このままだと心臓が胃潰瘍《いかいよう》になっちゃうわ」

砂子が突然不安定になって、ヘンなことを言い出すのはいつもの事なので、

「はいはい、どうしたの」

と私はスパミートを食べながら、二木君はカバンから本を取り出しながら、音声多重放送で問う。

「昨日、ノブ君から電話がなかったの」

「……だれ、ノブ君って」

チルル、と麵を吸い上げながら、私は上目づかいに砂子を見、二木君を見た。二木君は「さあ」と首をかしげてみせた。

「もうっ、今つきあってる人に決まってるでしょ」

そんな名前だったのか、と納得し、

「まあ一晩くらい電話がなくたって」

と宥《なだ》めにかかった。そして同時に、西園寺《さいおんじ》さんからまったく音信がないことを、いまさらながらにはっきりと思い知った。手紙を出したのに、電話も返事もない。喫茶店にも来ない。どういうことだろう。

「あたしは昨日は、絶対電話してほしかったの。声を聞きたかったの。就職とか、もうなんか滅入《めい》るようなことばっかりで、せめてノブ君と話したかったの」

いや、砂子。私たちのうちの誰が、気が滅入るほど就職活動したというんだね。しかしまあこういうときは黙っているにかぎる。貝になっている二木君と私を相手に、砂子は切々と続けた。

「私がしてほしいときに電話してくれなきゃイヤ。わかる？　胸がモヤモヤして苦しくなるの。心臓が胃潰瘍になったみたいに痛むの。わかるでしょ」

私たちはフルルと首を振った。そんな切ない気持ちは味わったことがない。砂子は漫画を読まないのに、少女漫画的だねえ、などと笑っていたら、砂子は「この顔ぶれじゃ誰も私の気持ちをわかってくれない」とスネてしまった。

私は慌《あわ》てて話題を変えることにした。百貨店の面接を『彼女を大切にする男』も通過していた事を話し、世の不条理を嘆いてみせる。

「あら」

砂子はうまく話に乗って来てくれた。

「世の中が不条理で大人が理不尽なのは、わかりきったことよ」

自分もすでに「成人」であることは棚にあげて、砂子はウンウンと一人で頷《うなず》く。

「あたしがまだ小学校の低学年だったころのことよ」

ニキちゃんも本から目を離した。

「友達と遊んでいたら、道に落ちていた新品のケシゴムを見つけたの」カラフルな色がついていて、甘い匂《にお》いのするファンシーケシゴムよ、と砂子は補足した。ああ、あったねえ、と私は二木君に言う。うん、僕集めてたな。二木君も懐《なつ》かしそうだ。やはり二木君はキン消しよりファンシーケシゴムを集めていたか、と深く納得しつつ、砂子に先を促した。

「私たちは、いいもの拾ったね、と喜んだんだけど、二人でしょ？　わけられないしどうしようか、って言っていたの。そうしたらそこに、ちょうど顔見知りの子がやってきて、可愛《かわい》いケシゴムを買いに行く途中だと言うじゃない」

砂子と友達は、拾ったケシゴムを定価の半額の五十円で買わないか、と持ちかけた。商談は無事に成立し、お互いに満足する結果となった。顔見知りの子はケシゴムを手に入れ、砂子と友達は売上金を二十円の大きなあめ玉二個に代えた。あめは一個ずつわけ、残った十円は銀杏《いちょう》の木の下に、「ヘソクリ」として埋めた。

「ところが」

と砂子は、胃が痛むかのような表情で続けた。

「あめをしゃぶって帰った私を不審に思って、母は私から事の顚末《てんまつ》を聞き出したわけ。そして、拾ったものを売るなんて、なんという子でしょう、とガミガミ怒られたわ」

そ、それは……なんともコメントに困って、私たちは視線をさまよわせた。

「でも私は、ちっとも悪いことをしたと思えなかった。ケシゴムを交番に届けたところで、忘れられてしまうのがオチだと子供心にわかっていたし、適正な値段で売って利害が一致したのだから、何も悪いことはないと思ったの」

砂子には、その時に怒られたことが、今もって納得できないという。その思いは、彼女の兄が万引きで補導されたときに、ますます強まった。

「補導?」

「万引き?」

二木君と私は、びっくりして聞き返した。

「そうなのよ。お恥ずかしい話だけど、うちの兄は中学のころ、ハンパな不良でね。要領悪いのにそんなことして、警察呼ばれちゃって、母が迎えに行く騒ぎだったの」

今はおっとりとしている、誠実そうな砂子のお兄さんを思い出して、思春期の人間はわからないものだなあ、と私は感慨にふけった。

「ところがね、父も母も、万引きした兄をきつくしかる、ということはしなかった。ただガックリと、もう馬鹿《ばか》な真似《まね》はやめなさい、と言うばっかりでね。兄はそれからも『馬鹿な真似』をしばらく続けたわよ。でも、何も注意しないの」

「諦《あきら》めてたんじゃないの？　もしくは信用してた、とか」

二木君が言ったが、砂子は首を振った。

「私の倫理基準からしたら、拾得物売買よりも、万引きの方が犯罪性が高いと思うの。私は経済の決まりにのっとって行動したけど、兄はそういう社会ルールを無視しているわけでしょ？　でも、子供だった私がギャンギャン怒られて、いい年してフラフラと万引きした兄が怒られなかったっていうのはね」

砂子はボルビックを一口飲んで、唇を湿らせた。

「両親は、兄に何か言って、殴られたりしたらどうしよう、と怖かったからだと思うの。私には未《いま》だに、そう思えてならないの。大人って理不尽だと思うな」

小学校低学年にして経済の仕組みを考えて売買している砂子も、末恐ろしい子供だ。彼女の母親が怒ったのもわかる気がする。

砂子は、ねえ、なんかおかしいでしょ、としばらく憤《いきどお》っていたが、

「あ、今日はリクルートスーツ買おうと思ってたんだ」

とあっさりと席を立ち、手を振って小走りに行ってしまった。いまごろスーツを買うとは、ずいぶんのんびりしているが、そんなことで動じる私たちではない。黙って彼女に手を振り返した。

「あれっ、あれは情報君じゃない？」

砂子が駆けていった学食の出入り口のあたりに、予期せぬ人物の姿を見たような気がして、思わず私は素《す》っ頓狂《とんきょう》な声を出してしまった。

「ええ、どこ？」

二木君は露骨に嫌そうな顔をして、私の指さす方を眺めた。だがそのときにはもう、授業が終わって学食に押し寄せる人々があふれて、砂子も、いたはずの情報君も、見つけられる情況ではなくなっていた。

「いないや。見まちがいかもね」

それからしばらく二木君とポツポツと話をしていたが、スパミートを食べ終わったのを機に私も皿を下げ、アルバイトだからと学食を辞した。二木君はいつもどおり、開いていた本からチラと目をあげて、私を見送ってくれた。

西園寺さんのことが気になって仕方がない。喫茶店に入って行くと、マスターはちょうど、落として割ったカップを片付けているところだった。またこの人は、要領悪く、やらかしてるなと思っていたら、本当にいつになく元気がない。

「マスター、何かあったんですか」

エプロンをつけながら、客の少ない店内をそれでもはばかって、小声で聞いた。

「いやー、可南子ちゃん。それがね。またお見合いに失敗しちゃってね」

マスターはたぶんもう四十歳ぐらいだが、独身だった。切実に結婚生活を夢見ているのだが、縁がない。そういえばこの間の定休日に見合いをすると言っていたっけなあ、と思い出した。

「どうしてです。なにやらかしちゃったんですか」

意気消沈するマスターを気の毒に感じる心もあるにはあるが、半ば以上は他人の失敗談を聞く面白さが手伝って、私はマスターから事の次第を聞き出した。

話はこうである。マスターが見合いの場所に行くと、相手の女性は先に来ていて、すでに飲んでいたそうだ。

「ええっ、初対面でしょ？　見合いで女が飲みながら相手を待ってるもんですかね」

「そうだねえ。あんまりいないねえ、そういう人は」

お見合いは二十九回目だったマスターも、ちょっと不思議そうに言った。

とにかくマスターとお相手の女性は、ご趣味はとか、お仕事はとか、まあありふれた見合いの会話をかわした。そしてお約束の、「後は若い人（マスターは決して若くないが）同士で」ということになり、二人でブラブラと町を散歩したそうだ。

「散歩？　どこを」

「浜松町」

「はまつちょう？」

何か歩いて楽しいものがあるのだろうか、と疑惑の目で見つめる私に、マスターは必死に弁解した。

「いや、この見合いをセッティングしてくれた人の料理屋が浜松町にあって、そこで会ってたから……」

せめて有楽町とかに出てから歩けばいいのに、とカップを拭《ふ》きながら肩を落とす私の顔色をうかがいながら、マスターは恐る恐る続ける。

「ところが彼女、しばらくして気分が悪いって言うんだよ。飲み過ぎた、って」

おいおい、どんな女だよ。見合いで気持ち悪くなるほど酒を飲むとは。ヤケ酒だろうか。それとも、実はマスターを誘っているとか？　私は次の展開を期待した。

「それでどうしたんですか？」

「じゃあどこかで休憩しませんか、ということになって」

おおお。

「喫茶店に入りました」

あのねえ。私はやや乱暴に皿を棚にしまい、今度はスプーンを磨きながら、

「それが、『また見合いに失敗』ってことですか」

と早くこの話題を終わらせようとした。

「いや、続きがあります。しばらく喫茶店で彼女が回復するのを待ったのですが」

なかなかその女性の酔いは抜けなかったそうだ。それで、気持ち悪そうにテーブルにつっぷす彼女を残し、マスターは、

「カメラ屋に行きました」

「はっ?」

「いえ、浜松町にはカメラの修理をしてくれるところがあるんですよ」

マスターの趣味は八ミリフィルムだ。その日も見合いの前にジージーと町や公園を撮影していて、その時に露出計の動きがおかしいような気がした。そこで彼は、ちょうどよいと、持っていたカメラを修理に出しに行ったのだ。気持ち悪いと訴えている見合いの相手を喫茶店に残して。

「カメラは大したことなくて、まあ古いですから多少接続が悪いのでしょう。露出自体に問題はありませんということで、ハンダぐらいで済みました」

それで一安心と喫茶店に戻ったら、彼女の姿は消えていた。そして次の日すぐに断

りの電話があった、というわけだ。

チリン、とドアが開いて、西園寺さんかとハッとしたが、近所の奥様連中だった。

私は失望を隠してメニューを渡しに行った。

「そりゃあそうでしょう」

そう多くもないメニューを、あれにしよう、私はこっちにしようかな、と楽しそうに検討している姿を眺めながら、カウンターの中のマスターに冷たく言った。西園寺さんの消息について探ろうとしていたのに、とんだ時間をくってしまっている。

「見合いなのに相手をほっぽりだして、カメラの修理に行くとは何事です」

いやあ、とマスターは肩をすくめた。

「僕がいても何もできないし、彼女の気分が良くなるまでなら、と思ったんですよ」

何もできなくても側《そば》にいてあげるのが、こういう場合の一般的な態度だと思うが、マスターに一般論を説いても無駄だろう。そんなものが通じるのなら、ここまでくる前に、とっくに見合いも成功していたはずだ。

「まあ、見合いの席で酔い潰《つぶ》れるような人だったんですから、話がなくなってかえって良かったじゃありませんか」

そう、そうだよね、とマスターは気弱そうに微笑《ほほえ》んだ。奥様たちのオーダーが決まったらしい。私は笑顔で注文を取った。

「そういえばマスター。西園寺さん、最近いらっしゃってます？」

なるべくサラリと自然に尋ねた。マスターはコーヒーをいれながら、何も気づかぬ風で、

「ああ、そういえばお見えにならないね。何かあったのかなあ」

と心配そうにつぶやいた。ああ、マスター。ご近所の人々が集う場にいながら、なんという情報収集能力の低さであろうか。つくづく役に立たないなあ、でもまあそれが憎めないところでもある。私は無理に自分を納得させ、小さくため息をついた。マスターの記念すべき三十回目のお見合いも、きっと不調に終わることだろう。

家の板塀ぞいに、門の方へと道を歩いていると、勝手口からお手伝いの島田さんがヒョイと出てきた。

「あら、可南子さん。おかえりなさい」

今日は神田まで、エントリーシートを出しに行ってきた。郵送のみのところもあれば、こうやって直接持って行ってもよい、というところもある。ついでに古本屋街を覗《のぞ》きつつ帰ったので、もうあちこちの家から夕飯の匂《にお》いが漂ってくる時間になってし

まっていた。

「今日は昼過ぎにお戻りになるとおっしゃってたのに、どこに寄り道してたんです。奥様、カッカきてましたよ」

島田さんは、しょうがない子ですねえ、といった感じで笑った。弟が生まれたときに家にやって来た島田さんだから、私たち姉弟《きょうだい》は頭があがらない。彼女にかかっては義母さえも、うまくあしらわれてしまう。

「島田さん、もう帰っちゃうの」

ええ、と勝手口の木戸を閉めながら島田さんは頷いた。

「ちゃんと可南子さんたちのお夕飯はお作りしましたから」

安心させるように言う。もうっ、とふくれてみせて、笑いながら島田さんと別れた私は、門から家に入った。

薄暗い庭に、ところどころオレンジ色の明かりが、心もとなく灯《とも》っている。足元の光源をたよるまでもなく、歩きなれた飛び石を律義《りちぎ》に一つ一つ踏んで、私は玄関にたどり着いた。カラカラと音をたてて、ガラスの入った大きな引き戸を開けると、広大な靴脱ぎだ。その先には床板が黒光りする廊下が、ドーッと続いて闇《やみ》に溶けている。廊下の右手の障子が開いて、光が漏れた。義母が迎えに出てくる。

「可南子さん、おかえりなさい」

「ただいまかえりました」

遅かったわね、も何もなく、義母はツッと踵《きびす》を返し、出て来た居間にまた戻って行った。肩透かしをくった気分で、廊下の奥にある洗面所でパッパと手を洗い、夕食にするために私も居間に向かう。

障子を開けると、驚いたことに弟がいた。ここ数週間は特に、夕飯時に家にいたためしがなかったのに。私も大学の新歓コンパにかりだされたり、バイトだったりと、外食がちだった。その間、義母はこの大きな家で、たった一人で食事をしていたのだ。そう考えると、なんだかたまらなくなって、慌《あわ》てて闇を締め出すように後ろ手に障子を閉めた。

「可南子さん、障子の開け閉めはもうちょっと静かにね」

やはり義母は義母だと、苦笑いしながら座る。テレビのニュースは国会の審議についてで、今日の答弁の様子が映し出されていた。

「旅人《たびと》、テレビ消しなさい。食事中ですよ」

いつもテレビを見ながら食事をするのに、義母はことさらとんがった声で弟に命じた。

「なんで？　父さんうつって……」

わざとヘラヘラと、弟は言った。とっくに足を投げ出してご飯を食べていた私は、あぐらを組んでいる弟の、膝《ひざ》のあたりを蹴飛《けと》ばした。義母がカタリと箸《はし》を置いたのを見て、私をにらんで文句を言おうとしていた弟もさすがに黙った。

ブチリ、とテレビを消した義母は、再び黙々とご飯を咀嚼《そしゃく》しはじめる。なんかあったの、と目顔で問いかける私に、弟はさあな、と取り付く島もない様子。おおかた彼も、義母の不機嫌の原因をはかりかねているのだろう。だからこそ、普段は決してしないようなことをして、母親の反応を確かめているのだ。いくらガタイがよく、夜遊びに忙しいとしても、弟はまだ高校二年生だ。彼は彼なりに、ガランとしたこの家の、それでもかろうじて「家族」として暮らそうとしている私たちのバランスを、確認せずにはいられないのだ。

今夜の義母の、この家に住む者としてのバランスの揺らぎは、なんなのだろうか。しかし私にそれを尋ねられるわけはなく、弟にしてもズバリと聞くことはできないのだった。義母はいつも、実の子である弟に対しても、私に対するのとほぼ変わらぬ態度で接した。それは博愛の精神からではなく、実の息子を嫌っているからでもない。彼女は、実の息子を贔屓《ひいき》しよう、などと思うほどの愛情や関心を、子供に持っていないのだった。いや、持っていることに気づいていない、というほうが近い。この大きな寂しい家で、義母は常に何かの重圧に耐えるように、ピンと背筋を伸ばして、とても静かに歩いた。古い家の暗がりにひそむ何かに、突然飛びかかられるのではないかと恐れているかのように、ソッと息を殺し、それを私たちにも要求し、私たちが従わないことがわかると、パチパチと神経質な火花を散らした。触ると感電してしまうので、弟は母親にあまり懐《なつ》かず、私と庭で泥んこ遊びをする方を好んだ。こうして弟は、義母の本当の子供でありながら、どこかぎこちない親子関係を結ぶことになった。そして彼はいつも、母親の愛や関心事がどこにあるのかを探ろうとする。

義母は決して冷たい人間ではないが、この家とこの土地のせいで、自分の周囲をしっかりと塗り固めるようになったのだ。この居間にいる私たちをグルリと囲んでいるのは透明な壁で、いつでも誰でも覗くことができ、中では私たちがままごとをしている。そういうパフォーマンスを、義母は自分の身を守るために切望した。だが弟も私も演技力はあまりないらしい。結局、透明な壁の内側には、義母だけが残されようとしている。

年を経るにしたがって、私たちの関係ははっきりといびつになっていき、今では耐えられないほどの負荷が生じているのかもしれなかった。どうにかしなければ壊れてしまうとわかっていて、しかしどうしたらいいのかわからずにいる。劇的に壊れたものは劇的に再生できるかもしれないが、およそ「劇的」な出来事も感情の高まりもないまま崩れていくものに対しては、手の施《ほどこ》しようがない。

義母がこの家に来て、庭で一人でゴッコ遊びをしていた私をオズオズと抱き上げた日も、生まれたばかりの弟を胸に、父の車で病院からこの家に帰って来た日も、空は文字どおり晴れ渡っていて、小さかった私はそこに射《さ》す暗い影に気づかなかった。その影は徐々に濃度を増して、今ではこの屋敷中が覆《おお》いつくされようとしている。

バランスが不安定な夜に、私はここにはいない人間のことを考える。

バランスを取るための重要なパーツでありながら、この家に寄り付かぬ男のことを。


なにもテレビを消さなくても、チャンネルを変えればいいのだ、と気づいたらしい弟が、続く沈黙に堪え切れなくなったのか、バラエティー番組を見始めた。義母は何も言わず、私たちは表面上は穏やかな食事を終えることができた。しかしやはり、爆弾は落とされたのだ。

「可南子さん、旅人。今日、お父様からお電話がありました」

「ゲッ」

うめいた弟に、「ゲッ、とは何です」と案の定小言を言いながら、義母は話を続けた。

「お父様は五月の連休に、親族・後援者会議を開く、とおっしゃっています」

エエーッ。今度の絶叫は、私と弟、二人の口からほとばしりでた。

「反対です！　そんな会議の開催は要求した覚えがありません。だいたい議題はなんですか」

「そーだよ。普段寄りつかねえのに、いまさら『会議』することなんてねえよ」

弟は、「傷ついた思春期の少年」を巧みに演じようとした。しかし義母は一枚上手だ。

「旅人、女の子と旅行に行くつもりだったたんでしょうけど、あなたは一体何様のつもりですか。まだ高校生ですよ。向こう様の親御さんに、なんとお詫《わ》びすればいいか」

とピシャリと反論を封じた。馬鹿《ばか》め、旅人。普段遊びまくっているから、こうやって言いこめられてしまうのじゃ。暗い喜びで満たされていくのを感じていたら、矛先《ほこさき》は私にも向かった。

「可南子さん、あなたはおモテにならないから、当然デートの予定もないでしょ。ちゃんと空けといて下さいよ」

弟はクックックッと笑っている。なんてことだ。西園寺さんがいるっていうのに。温泉にでも行きたいなあ、なんて思ってたのに。

「可南子、じーさんには捨てられたんじゃねえの?」

彼女とのラブラブ旅行がつぶされた腹いせに、弟はソッと毒づく。

「おだまりなさい」

内心かなり動揺しつつも、私は義母の物まねで弟を封じ込めた。義母はちっとも気づかずに、

「いいですね、連休は必ず家にいるようにね」

と念を押した。

嵐《あらし》の前の静けさと言うのか、怒濤《どとう》のようなエントリーシート提出ラッシュも一段落し、四月の終わりから五月のはじめにかけて、穏やかな日々が過ぎていく。私は相変わらず、大学とアルバイトと漫画喫茶という、黄金のトライアングルを行き来していた。もちろん漫画喫茶はサボリの場ではなく、漫画編集者になるための趣味と実益を兼ねた修行場なのである。砂子はノブ君と仲直りしたらしい。二木君は新入生歓迎のイベントで作家を呼ぶとかで、のんびりと準備に追われている。彼はそういう矛盾

した行動はお手のものだ。やはり二人とも、未《いま》だに会社の説明会にも試験にも面接にも行ったことがない。そういう私も、面接をすっぽかして帰って来てしまった百貨店以来、しばらく活動休止状態だ。行きたくない会社を受けるのも、考えてみれば失礼なことだ。私たちもいずれ不死鳥のように、就職戦線に復帰することだろうが、今は好きなことをして羽根を休めよう。約二名、未だに戦線に出たこともないものがいるが。

授業がない五月のはじめのよく晴れたある日、私はアルバイト先の喫茶店に出かけた。最近勢力を伸ばしつつあるチェーン店の古本屋で仕入れた、『アルペンローゼ』をじっくり読もうと思ったからだ。

マスターに窓際《まどぎわ》のいい席をあてがってもらって、コーヒーを飲みながら『アルペンローゼ』をめくる。そうそう、血のつながらない兄妹《きょうだい》で、反ナチ運動が絡《から》んでくるのよね。夢中で読んだ記憶がよみがえり、私は知らぬ間に集中していった。高校の時の友達は、髭《ひげ》をたくわえたオジサマの「将軍」が好きだったといい、私は彼女の幼いころからのオヤジ趣味をからかったものだ。それが今や、私もオジサマどころかおじいさんと交際してるもんなあ。しかしそこまで考えて、弟の言葉がまた思い出された。

私は捨てられたのだろうか？

普通は、若い娘の方がおじいさんを捨てて、若者と町を出たりするものではなかろうか。じいさん、だまされてたんだよ。あの娘は財産目当てだったのさ。ところが私の方が捨てられるとは、どういうことだ。ジジイめ、許せん。私の中ににわかに怒りと悔しさと哀《かな》しみが吹き上がり、今すぐに町内の西園寺さんの家に押しかけてやろうと決心した。

するとそこへマスターが、コーヒーのおかわりは？　とやって来た。間の悪さにかけては右に出るもののなしのマスターだ。入れてきたビニール袋に再び漫画をしまい、私はおかわりをもらうことにした。少し気を落ち着けてから行かないと、醜態をさらしてしまうかもしれぬと思ったのだ。

「可南子ちゃん、聞いたよー。親族会議が開かれるんだってね。後援会の西脇《にしわき》さんが言ってた。大変だねえ」

町中この話題でもちきりだ。今も家では、義母と島田さんが掃除やら買い出しやらにテンテコ舞いしているはず。私は邪魔だからと家を出されたのだ。もういやだ。この町では皆が私の家の事情を熟知していて、噂話《うわさばなし》に花を咲かせる。あそこのお嬢さんこの間、酔っ払って深夜にドブに足を突っ込んで、抜けなくなってたらしいわよ、とか、たまに得体のしれない友達が遊びに来て（もちろん砂子と二木君だ）、夜遅くまで奇声を発してるわよ（アングラ演劇公演にそなえて発声練習をしていた）、とか、もうあることあること町中に知れ渡っている。なぜか弟の評判は上々で、かっこいい、不良っぽいけどちゃんと挨拶《あいさつ》するし芯《しん》はしっかりした子、などとオバちゃんたちのアイドルだ。うまく猫をかぶって、と言うと、弟はフフンと笑った。

「ねえちゃん、この間ゴミバケツをはいたんだってな」

クッソー。酔ってたんだよー。またもや弟に敗北を喫したことを思い出し、私はガブリとコーヒーを飲み干した。立ち上がる私に、マスターはオロオロと、

「どうしたの。どこいくの。まあ会議と言っても大したことないよ、きっと」

となだめようとしている。私はつい勢いで、

「西園寺さんちに行ってきます」

と言ってしまった。

「ああ、西園寺さん、昨日お葬式だったからねえ」

なっ、なにーっっ。呆然《ぼうぜん》とするマスターを残し、漫画の入ったビニール袋を引っつかむと、マッハの速さで道に飛び出した。

走って、駅から十五分ほどの高台にある、西園寺さんの家を目指した。行くのは今

日が初めてだ。でも狭い町のこと。住所でどのへんか見当はつくし、西園寺さんの家は瀟洒《しょうしゃ》な古い洋館で、駅からも白い壁が見えるほど、町の人間にとっては有名な建物だった。商店街を抜けたところにある私の家が、広さと古さで有名なのと同じように。

坂道を走りながら、私はしゃくりあげていた。葬式ってどういうことだろう。早く前に進みたいのに、急な傾斜と体力不足で、足はたんぼの中を歩くときのように、思うように前に進まなかった。それでもようやく、カーブの向こうに白い洋館があらわれた。青銅色の門には、なるほど小さな黒いリボンが結んである。心臓がドキドキと、痛いほどだった。必死に息を整えながら、そっと近づく。すると、腹ほどの高さの緑の生け垣の死角から、ヒョイと西園寺さんが身を起こした。

「西園寺さん！」

私は我を忘れて生け垣に駆け寄った。西園寺さんはびっくりしたようにこちらを見た。

「可南子ちゃん」

西園寺さんも、機敏なとは言わないまでも、素早い動作で生け垣に近寄る。私たちは生け垣越しに、しっかりと抱き合った。

「どうしたんだね、どうしたんだね」

西園寺さんは優しく聞いてくれる。

「昨日、西園寺さんのお葬式だったたって聞いて、びっくりして、来ちゃいけないかとは思ったんだけど……」

私は必死に訴えた。私に触れる西園寺さんは温かくて、どうやら幽霊ではないようだ。よかった、生きていたと思うと、今度は別の不安が沸き起こった。西園寺さんは私の来訪を快く思わないのではないか。

「やれやれ、人を勝手に殺しおって。亡《な》くなったのは妹だよ。最近調子が悪くてな。看病しとったが、やはり駄目じゃった」

ふと見ると、妹さんの持ち物だろうか、本やらノート類やらが、丁寧に木陰に広げられていた。西園寺さんの近しい人が亡くなったのだ。私は黙って身を離した。

「顔を見たら安心しました。落ち着かれましたら、また連絡してください」

もう帰るのかい、と西園寺さんは残念そうだ。ちょっと待っているように、と彼は言って、家の中に入って行った。やがて庭先に出て来た西園寺さんは、「仏に供えてあった」オレンジなどの果物類と、和紙の分厚い巻紙をもって出て来た。遠慮する私の、漫画の入ったビニール袋にオレンジを入れ、巻紙を手渡してくれる。そこには墨の色も黒々と、私の名前が書かれていた。

「果たし状ですか」

と聞くと、彼は楽しそうにフォフォと笑った。

「恋文じゃよ。手紙をもらって、可南子ちゃんが何か悩んでいるようだったから心配での。でも妹の世話もせにゃならん。そういうときに限って、ビールのラベルやサラダ油の名前を書かねばならん仕事が入る。それで夜に、コツコツと書いたのさ。明日あたり、喫茶店に行こうと思っておった」

私は嬉《うれ》しくて、自分の方が大変なときに心配してくれた西園寺さんを疑ったのが恥ずかしくて、うつむいてボロボロと涙をこぼしてしまった。西園寺さんはやっぱり優しく、私のほっぺたを指でムニッとつまんだ。思わず笑った私に、西園寺さんは、

「ここからでは足がよく見えんな」

と残念そうに言う。

「明日、私バイトなんです。会いに来てくれますか？」

西園寺さんは、もちろんと約束してくれた。私はようやく心からホッとして、

「ペディキュアはどうしますか？　取っておきます？　それとも綺麗《きれい》に塗っておいたほうがいいですか？」

具体的な相談に入った。

「そのままにしておいていいよ。わしがはがして、また綺麗に塗ってあげよう」

私は頷《うなず》いた。なんとなく離れがたくて、モジモジと去るタイミングを図っていると、

「可南子ちゃん、今度親族会議だってね」

と言う。高台に住む西園寺さんにまで、すでに話は広まっているらしい。西園寺さんは何か考える風だったが、

「まあ、あんたたち姉弟なら大丈夫だろう。しっかり切り抜けなさい」

と励ましてくれた。家の陰から、西園寺さんの孫だろうか、小さな男の子がやってきたのを機に、私はその場を辞した。

行きとは打って変わって軽い足取りで、私は坂を下りて行った。でも心の中では、『アルペンローゼ　アルペンローゼ　血の色の花』

と、少女漫画『アルペンローゼ』の中の有名なフレーズがこだましていた。坂から見渡せる町は静かで、とくに緑を有した広大な日本風の屋敷が目を引いた。私はきたるべきXデーに備え、弟と一度協議する必要がある、と考えた。

空はどこまでも青く、雲ひとつなく澄んでいた。

それでもきっと、嵐はやってくる。

アルペンローゼ　アルペンローゼ　血の色の花よ。

西園寺さんがくれた巻紙は、達筆すぎて私には判読不能だった。

三、協議

その晴れた日の午後、私は丘の中腹にある公園にいた。喫茶店でのアルバイトは昼過ぎに終わり、さりげなく店に現れた西園寺《さいおんじ》さんと一緒にここに来たのだ。不完全な日本語を使った罰に、マスターは女優Sのポスターを手に入れた。家にあった魔法瓶のポスターを、私がプレゼントしたのだ。

マスターはSのファンである。しかしSのように華やかで人形のように美しい女が、そうおいそれと道を歩いているわけがない。そうこうするうちにマスターの婚期は過ぎて行ったのだが、ある年にマスターが山陰地方の実家に帰ると、彼の父親が渋い顔でこう言ったそうだ。

「おまえもいつまでもフラフラしとらんと、早く結婚しろ。そんな女優のSみたいな女には巡り会えないし、会えたとしてもおまえが相手にされるわけがないだろう。現実を見ろ」

そう言われてマスターは珍しく冷静に現実を分析した。女優のSが好きだなどと、一言も親父《おやじ》にもらした覚えはない。それなのにここにSの名前が出る理由は一つ。

「お父さん、Sのことが好きなのですね」

「あほっ、人が真剣に話してるときに何考えてる」

マスターは何十年ぶりかで鉄拳《てっけん》制裁をくらったのだった。しかし一部始終を台所で目撃していた母親は、

「おまえにしてはよく推理した」

と褒めてくれたらしい。どうやらマスターの女性への理想の高さは、彼の父親の代からの筋金入りなのだが、罰としてポスターをあげたのにはもちろんわけがある。マスターは良いことがあると、喜びの陰で、今度は反対にどんな悪いことが起こるだろう、と怯《おび》えるタイプなのだ。それは私も同じなので、マスターの思考回路がよくわかる。そこでポスターをあげて、その喜びに射《さ》す暗い影を味わわせるという、いささか腹黒い復讐《ふくしゅう》をしたのだった。しかし、マスターの不安は私の意図とは別のところにあるようだった。

「珍しいなあ、可南子《かなこ》ちゃんが僕に親切にしてくれるなんて。今まで、店に貼《は》ってあったSのポスターに鼻毛描いたりするばかりだったのに。どうしたの?」

不安を感じる対象が思惑とやや違ったが、それでもマスターが鼠《ねずみ》のように怯えていることに変わりはないので、私は満足して、復讐は一応の成功をみた。

西園寺さんと私が丘の中腹の公園に行くと、町のほうへ張り出すように作られた見晴らし台には、すでに先客がいた。

「タネおばあさん」

公園の近くで一人暮らしをしている、九十歳になろうかという老女である。彼女は私たちの姿を認めて、

「はい、こんにちは」

と真っ白になった髪をきっちりと結った頭をヒョコンと下げた。タネおばあさんの膝《ひざ》では、飼い猫のミケが気持ち良さそうに眠っていた。

「あんたたちもひなたぼっこですか」

「ペディキュアを塗ってあげようと思いましてね」

西園寺さんは嬉《うれ》しそうに言った。たびたびこの公園でデートしている私たちを、タネおばあさんは知っている。

「あらあら、仲のよいことで」

おばあさんは猫の冷たい耳をつまんで遊んだ。

それから私たち三人はしばらく、西園寺さんが私の足の爪《つめ》を塗り、私がタネおばあさんの手の爪を塗り、という行為に没頭した。私は向かいのベンチに座った西園寺さんの膝に足を預け、爪を黒に見えるほど濃い青に塗ってもらう。そして私の隣に座ったタネおばあさんには、可愛《かわい》い桃色を塗ってあげた。半身をひねる格好になって、私はなかなか苦労した。途中で目を覚ましたミケが、自分の頭上を交差する手にしきりにじゃれついていたが、そのうち飽きてしまったのだろう。音も立てずにおばあさんの膝から降りると、軽快な足取りで午後の日差しの中に消えて行った。

町を背に座ったタネおばあさんと私を、気持ちよく太陽があたためる。綺麗《きれい》に塗られた爪を確認したおばあさんは、腰掛けた腿《もも》の両脇《りょうわき》に指を広げて手を置くと、マニキュアが乾くのを待った。西園寺さんは膝に預けたままの私の足の裏をマッサージしてくれた。しばらく無言でいた私たちだったが、やがて爪も乾き、二度塗りの体勢に入った。

最初のころは、

「二度も塗らなくていいよ、もったいない」

と言っていたタネおばあさんだが、今ではおとなしく手を預けてくれるようになった。やはり仕上がりの美しさは、二度塗りでないと出ないのだ。

「可南子さん、あんたお父さんはいつ帰ってきなさる？」

無意識に足に力が入ってしまい、西園寺さんが優しく甲を撫《な》でてくれた。

「今日です」

「今日！」

驚いたように、手元を見つめていたおばあさんが顔をあげた。

「こんなところで年寄りの爪を塗ってていいんかね」

しわだらけの乾いたおばあさんの手を取り、日にかざしてムラなく塗れたことを確認し、私はため息をついた。

「いいんです。どうせ親族会議は明日ですし。今日は家にいてもうるさがられるだけ」

西園寺さんは私の足を膝からおろし、脱いであった靴の上に乗せてくれた。そして、

「おや、お着きのようだ」

と立ち上がり、手摺《てす》りの方へと歩いて行った。振り返って町の方を見ると、なるほど、駅から電車が出て行くところだ。父はあれに乗って来たのだろう。商店街の人た

ちが、駅前の広場に集まっているのがわかった。やがて姿を現す二人の男。谷沢も来たのか……これは厄介だ、と私は思った。パンパンと誰かが爆竹を鳴らしている。まったく祭りずきの人たちだ。そのまま商店街のアーケードの下に、父と谷沢の姿は消えた。

「お父さんはどうやら電車で来たようだよ」

西園寺さんは町を見下ろしたまま言った。タネおばあさんがやっと手摺りについたころには、父の姿はすでに見えなくなっていた。おばあさんは残念そうにしながらも、

「あの人は偉ぶったところがないからねえ」

としきりに頷《うなず》く。一人取り残された私は仕方なく、靴を踏みつぶしてズルズルと地面を擦りながら移動し、手摺りに並んだ。日はやや傾いて、爽《さわ》やかな風にも少し肌寒さがまじりはじめた。

大きな黒塗りの車で乗り付けないのは、父のしたたかな戦略にすぎない。隣の駅まで車で来て、そこから電車に乗ってやって来るような男だ。しかしタネおばあさんはすっかり感心して、さらに続けた。

「藤崎の家で親族会議があるのは、可南子ちゃんのお父さんの婿入《むこい》りを決めて以来だねえ。あのときも町中大騒ぎだった」

「こんなものではなかった？」

私は西園寺さんを見た。

「ああ、今回の比ではなかったなあ」

西園寺さんは遠い目になって答えた。

「あのときは翁《おう》が急に亡《な》くなって、それこそ大きな車で屋敷に沢山の人が押し寄せたよ。地盤は、金は、と言ってのう」

そうそう、とタネおばあさんは頷く。

「とても暑い日だったわ。確か商店街のアーケードを建設中だったんだけど、あの日は人も押し寄せるし暑いしで仕事にならないと、工事の人はみんな帰ってしまったくらいだったねえ」

今あの家に住んでいる者で、そのときのいきさつを知っている人間は誰もいない。それなのに、西園寺さんやタネおばあさんら、昔からここに住んでいる人には、まるで昨日のできごとのようにはっきりと記憶されているのだ。なんだか不思議な思いで、こんもりとした緑に囲まれた自分の家を見下ろした。家の前まで送ってくれた町の人々に挨拶《あいさつ》し、父と谷沢が屋敷の門をくぐるところが見えた。玄関口に義母が立って、出迎えている。

「あんたのお母さんが、並み居る政治家や親戚《しんせき》の前で、一番若い秘書の健二さんを堂々と選んだときには、みんながどよめいたものさ」

タネおばあさんはまるでその場に居合わせたかのように語った。

「どよめきが屋敷の前で固唾《かたず》を飲んで待っていた人たちにも伝わって、町が揺れたものじゃった」

西園寺さんまでが大袈裟《おおげさ》なことを言い出す。どうも年を取った人間の話は半分にして聞かねばならぬようだ。

「父と母は、あらかじめ何か言い交わしてでもいたのでしょうか」

なんだか腑《ふ》に落ちなくてそう尋ねると、二人はフッと夢から覚めたかのように、

「さあ、どうだったんでしょうねえ」

「私はそんな話は聞いたことがないよ。彼女の指名は誰にとっても寝耳に水だったでしょ」

などと無責任に言い合う。これが真実だとしたら、いきなり自分の婿を指名する母の厚顔無恥ぶりもすごいが、平然とそれを受けた父のいい加減ぶりも堂にいったものだ。そしてこの話題の当事者の一人はすでにこの世になく、もう一人もようやく今日この町に帰ってきたという有り様だ。このとんだ茶番に、みんなが興味津々《しんしん》なのも無

理はない。しかし弟と私にとっては茶番ではなく、いきなり婿入りが決まってしまった父のように、人生を左右するほどの大きな局面なのだ。これは早急に弟と連絡を取らなければならない。彼はここ数日、また家に戻ってこないのだ。谷沢までが来るほど大事になるとは予想していなかったのが痛い。

かがんでペディキュアが乾いたのを確認した私は、

「すみませんが、今日は帰ります」

と西園寺さんに断り、

「風がつめたくなってきたから、タネおばあさんもそろそろ家に帰った方がいいですよ」

と言った。タネおばあさんはフェフェフェと笑い、

「心配せんでも西園寺の坊ちゃんは私の趣味ではないよ」

早く行けと手を振った。

「ミケを見かけたら、もう家に戻るように言っておくれ」

了承の印に振り返ると、町を背に佇《たたず》む二人の、私を見送って手を振っているシルエットが、西日の中に浮かんでいた。

勝手口から侵入し、あきれる島田さん以外の人間には発見されずに自室まで到達すると、私は急いで弟の携帯電話にかけた。

「はい」

「旅人《たびと》、姉ちゃんだけど」

「どうした」

彼も今日父親が帰ってくることは知っている。のんびりした調子を装《よそお》いつつ、その中に緊張感が漂っていることを、電波ごしに私は感じた。

「お父さん帰ってきたんだけど、谷沢も一緒なのよ」

「えっ」

しばし弟は絶句した。

「それはまずいな」

「でしょう？　早く帰ってきて」

「わかった。二時間で戻る」

時計を見ると、五時前だった。夕食には間に合うだろう。ホッと一息ついて部屋の電気をつけようとし、あわててやめた。ここにいることがばれるとまずい。自分の部屋にいるにもかかわらず、しばらく泥棒のように息をひそめていたが、やがてなんだか馬鹿《ばか》らしくなった。押し入れの漫画コレクションの中から『ベルサイユのばら』を選び、机のスタンドをつけて読むことにする。

没頭することしばし、廊下から、

「お嬢さん」

と声をかけられて、びっくりして顔を上げ、辺りを見回して状況を把握しようとした。そして、しまった、と思ったときにはもう遅い。

「谷沢です」

名乗ると同時に障子が開けられていた。暗い部屋で漫画を読んでいた私を見て取って、彼はうんざりした顔を巧みに隠した。いつのころからか父と行動を共にしている谷沢は、普通にスーツを着ているが一見してカタギではないとわかる。目の光が違うのだ。大っぴらに秘書だかなんだかの仕事をしているからには、ヤクザではないのだろう。だが、父とどこで知り合ったのか、以前に何をしていたのか、私はまったく知らない。どうにも油断のならない男という印象がついてまわった。年は父よりも若く、三十後半から四十代の初めといったところだろう。

「どうしてわかったの？　明かりがもれてた？」

「勝手口に靴がありました。忍び込むときは靴も一緒に持って入ってください。おかげで余計な手間が増えます」

彼が初めてこの家に来たのは、十年ほど前のことになろうか。活発な弟と庭で一緒に遊んでいる鈍臭い私を見て、

「可南子さんはどうも……」

と父に言っていたのを、私はちゃんと知っている。どうもなんだと言うのだ、失礼な。弟の教育係は谷沢で、弟が中学を卒業するまで、ちょくちょくとこの屋敷に姿を現した。そのころには父はまったく家に帰ってこなくなっていたが。弟は私と違って谷沢に可愛がられていたし、谷沢に対して悪感情は持っていないだろうが、なんといっても情愛過多だから鬱陶《うっとう》しそうだ。中学校の修学旅行に歯ブラシを持っていくのを忘れた弟のために、谷沢は小田原まで追いかけていった。そして新幹線を待つ中学生たちの中から弟を探し出し、

「ぼっちゃん、お忘れ物です」

と歯ブラシを差し出したのだ。その「今から鉄砲玉になってタマァとってきます」と言わんばかりに目付きの鋭い黒いスーツの男は、それから弟の中学で伝説になったらしい。藤崎にはヤクザのお目付け役がついている、と。

歯ブラシぐらいどこででも買えるのに。私のことを「ニブそうな……」という目で

見たくせに、谷沢は弟のこととなると我を忘れる傾向にある。

「お父さんがお呼びですよ」

いやだ、行きたくないと言う間もなく、谷沢は廊下を歩き始めている。

「まったく、こんな暗い所で漫画など読んで。目が悪くなりますよ」

私がついてくるのは当然だとばかりに、一人で普通にしゃべりながらどんどん行ってしまう。しかたなく、明かりを消すと、私は慌《あわ》てて谷沢の後を追った。

「就職活動はどうですか。不況ですからね」

谷沢は父よりは私のことを把握してくれているらしい。

「今週末に大きな試験が二つあるけれど」

「どんなところを受けているんです?」

喪服のような谷沢のスーツを眺めながら、

「教えない」

と私は言った。谷沢がチラリと振り返った。

「当ててみましょうか。出版社でしょう」

「どうしてわかったの」

これにはかなり驚いて、二度目の同じ質問をした。私は谷沢の横に並んで、彼の横顔をうかがう。

「簡単ですよ。お嬢さんならきっと、『出版社なら漫画を、誰よりも早く、いっぱい読める』と単純に考えるだろうなと思ったまでのことです」

私は静々と、再び彼の後ろに下がった。

「ところで、ぼっちゃんの姿が見えませんが」

ここで逆襲せねば、と、

「さあ、谷沢さんが来てることを知って帰ってこないんじゃないの」

ことさら冷たくあしらった。

「まさか」

鼻で笑おうとして谷沢は失敗した。ちょっと不安そうに窓の外を見やる姿は、哀れをさそう。しかし、この男にこれだけ入れこまれている弟はさらに哀れだと、荒れに荒れるであろう親族会議を予想して、私は同情の念を禁じ得なかった。

連れていかれたのは仏間だった。障子を開ける前からほのかに線香が燻《くゆ》り、そして蛍光灯の下で仏壇に手を合わせる父がいた。

「おう、可南子」

父は脂《あぶら》ぎった「政治家」というタイプではない。本当はものすごく大ざっぱな人間なのだが、それを露ともけどらせぬ、繊細そうな、理系の学者のような面立ちをしていた。

「邪魔しているぞ」

「久しぶり」

きちんと挨拶を交わした私たちは、仏壇の前に並んで座った。仏壇にはいくつかの位牌《いはい》が収められていたが、私にはどれが自分の母親のものなのか、まったくわからなかった。

「母さんにちゃんと毎日挨拶しているか」

子供のいたずらのように、チンチンと鉦《かね》を鳴らした私に、父は疑い深いまなざしを向けた。

「してるよ」

嘘《うそ》だった。私には母の記憶はまったくと言ってよいほど無かったし、父が家に寄り付かなくなってからは、仏壇に手を合わせろとうるさく指導する人間もいなかったからだ。だいたい父は、肝心なことをいつもちっともわかっていない。共に生活する人間を「家族」と呼ぶのなら、私の家族はもうずっと義母と弟なのであり、この家で微妙な均衡を保つ私たちが、私の母の位牌に手を合わせるわけがないのだ。私の母はすでに死者の列に並んでいて、その存在があったことは「家族」には禁忌なのだ。そうして私たちが見ないように、存在の残り香を感じないように努めても、ふとした瞬間にこの家の柱の陰から、押し入れの隙間《すきま》から、床板の下から、忍び寄ってくるのが母という人なのだが。

父にそういう機微をわかれと言うだけ無駄なのだ。今も私の思惑にはまったく気づかずに、父は「そうか」と満足そうにうなずくと、またしばし合掌を続けるのだった。父が目を閉じているのを良いことに、私は部屋の隅にひかえる谷沢に視線を走らせた。彼は私の嘘《うそ》をちゃんと見抜いている顔をして、父の鈍感さを詫《わ》びる風であった。

また、異物がまぎれこみ、私たちの暮らしを脅《おびや》かす。

ことさら神経質になっている自分を感じて、いまいましくなった。はやく弟に帰って来てほしかった。見上げた時計は六時半で、この家のどこかにいるはずの義母の気配は、押し殺されているからこそ、なおさら強く存在を主張した。

弟の帰宅とともに始まった夕食の時間は、穏やかにすぎていった。テレビを背にして父は座り、食卓のすべての辺が久しぶりに埋まった。義母の再三の勧めにもかかわらず、谷沢は遠慮して屋敷の端にある自室に食事を運んだようだ。

義母は嬉《うれ》しそうにみえた。私はいつも、この夫婦が不思議でならない。信頼が消えたわけではないようなのに、あまり一般的とは言えない「家庭生活」を送る理由がわからない。だが、とうに愛が冷めたのに、惰性で共に寝起きする大多数の夫婦よりは潔い選択かとも思えた。二人がそれで納得しているのなら、私には何も言うことはないのだ。しかし、もし私の存在が「家族」の在り方を不安定なものにしているとしたら……。義母がこの屋敷に来て、弟が生まれたときから私を脅かすこの疑惑は、私たち四人が揃《そろ》うといつも明確になる。「藤崎」の家に住んでいる人間の中で、「藤崎」の血を引いているのは、私一人だ。そして明らかにその私の存在こそが、この「家族」を家族たらしめない要因、異物だ。その事実を突き付けられたくないから、私はいつもの生活が崩されるのを嫌う。父がこの家に帰ってきて、家族の構成要員が揃ってしまうことを恐れるのだ。父はもしかしたら、そんな私の不安を感じて、この屋敷から出て行ったのかもしれない。私に、冷たいけれど静かな、この「箱」を与えるために。

しかしその「箱」も、今では壊れかけているのだが。

「明日は藤崎の親戚《しんせき》や後援会の人たちが来るけれど、まあおまえたちは普段どおりにしていればいいよ」

父は刺し身にたっぷりと醬油《しょうゆ》をつけて、口に放りこんだ。そして小皿の醬油に、さらにチューブからワサビをひねりだした。辛いものが好きなのだ。ピザなどもタバスコで真っ赤になったものを食べる。とにかく味覚が麻痺《まひ》するほど辛いものを与えておけば、父は文句は言わない。義母は新しいワサビのチューブを箱から取り出して食卓に置きながら、

「でも……」

と不安そうに弟と私を見た。困った私も弟を見たが、弟は見事に無視してみそ汁をすすっている。私の視線のありかを辿《たど》った父は、久しぶりに対面する息子に話しかけることにしたらしい。

「旅人、アッというまにおまえも高校二年だが、もう進路は考えているのか?」

あああ。義母と私は珍しく気を合わせてため息をついた。親族会議を明日に控えた微妙な時に、もっとも核心を突く話題を平然と口にするとは。それを抜きにしても、もう少し叙情的な話題を選ぼうという配慮はないのだろうか。久しぶりに会う年頃の息子に、いきなりそんな事務的なことを尋ねなくてもよさそうなものなのに。だが文学的センスのやや欠けた父にとっては、しばらく見ぬ間にどんどん成長する息子に対するとまどいや情愛を表現するための、これが精一杯のやり方なのだろう。弟もそれ

はわかっているらしい。ちょっと照れたように笑って、父親に合わせてあげることにしたようだ。

「民俗学をやろうと思ってる」

初耳だったので驚いて私は弟を見た。要領よく遊び歩いている割には、どうにも地味な学問を志すものだ。私が演劇理論をやると言ったら、食えないぜと笑ったくせに。どっちもどっちではないか。義母は蒼白《そうはく》になって、

「だってそれじゃおまえ……」

とうつむいてしまった。

「なんだ、じゃあ旅人は昔話とかを収集するのか」

民俗学という学問への、ものすごく貧弱な知識を総動員して、父は面白そうに言った。

「そうだよ。だから俺は親父《おやじ》の跡は継がない」

きっぱりと弟は宣言した。義母はホッとしたようながっかりしたような、どちらとも判別のつかない力の抜けたていでご飯を口に運んだ。父は笑みを絶やさずに、

「好きにすればいい」

と穏やかに答えた。離れていたせいで意思の疎通《そつう》がはかれていなかったが、どうや

ら父には自分の子供に政治家という職業を継いでもらう考えはないようだった。私は安心して、食後のデザート、ボウルに盛られたいちごをつまんだ。

「可南子も旅人も、『実学』には興味がないか。母さんの影響だな」

義母は、すみませんと身を小さくした。彼女は文学や演劇が大好きなのだ。自分の部屋で虚構の世界に浸り、この屋敷から身を守っている。妄想や執念を膨らませ、想像力を豊かにして。だがそんな義母の処世術を、私は決して嫌いではなかった。なぜなら私もそういう人間だからだ。男にとったら手に負えない厄介な女だろうが、父はそんな義母を余裕で受け止めていた。父には少女趣味の延長のように映るのだろう。私が西園寺さんを求める理由がわかった気がして、なんだかいたたまれなくなった。

「いや、責めているんじゃない。良いことだと言ってるんだ。だが……」

父も二、三個いちごをつかむと、食卓に並べて小さいものから口に入れ始めた。

「はたして藤崎の人たちや谷沢が納得するか、だな」

それをどうにかするのがあんたの使命だろうと、他人事のように言う父を心の中で罵《ののし》った。心の声が聞こえたのか、いちごの大きさを真剣に吟味していた父はふっと顔を上げた。

「そういえば可南子はどうする。もう大学も卒業だろう。働くのか」

口を開くのも面倒になって、ただ頷《うなず》いた私に、父は心配そうに言った。

「働くの向いてなさそうだけど、大丈夫なのか？」

あなたが政治家をやっていられるぐらいなのだから、私はきっと、世界中のコレクションにセレブリティとして招待され、名だたるブランドから服をプレゼントされる有能で美人な史上初の女性のアメリカの大統領にでもなることでしょう。そして、このどこかズレた発言ばかりする父を、ピンポイント爆撃してやるのだ。

無視していたら、

「そういうところは死んだ……」

と言い出したので、私は慌てて持っていた湯飲みをひっくりかえし、父の言葉を遮った。義母が乾いた布巾《ふきん》を取りに台所に立った隙《すき》に、小声で父に言う。

「ちょっと。まさか母の話題を出すつもりだったんじゃないでしょうね？」

「出しちゃまずいのか」

驚いたように聞き返す父に、私のほうこそ驚いた。

「当たり前でしょー！　お義母さんがまた余計なこと気にしてピリピリしちゃったら、困るのは私と旅人なのよ」

弟はずっと知らん顔を決め込み、一人でいちごにコンデンスミルクをかけている。

「しかし可南子、おまえ本当に死んだ由美子に似てきたぞ。おまえが生まれてすぐに亡《な》くなったのに、不思議なもんだなあ」

「へえ。どんなところが似てるの」

今まで黙っていた弟が、なんとか父の口をふさごうという私の努力もむなしく、話を促した。義母はまだ戻って来ない。食卓からしたたる茶を、畳にこぼれぬよう手で受けたまま、私は気をもんだ。

「うん？　そうだなあ。働くのがきらいで、気位ばかり高いところかなあ」

なんだそれは。その最低な人間のどこが私に似ているというのだ。

「どうしてそんな人と結婚したのよ」

思わず声を高めたとたん、台所から義母が居間に戻ってきた。食卓を囲んでいた三人の間に、不自然な沈黙が漂う。

再びいちごを整列させ、今度は大きいほうから食べている父を置いて、気まずい思いで食器を台所に下げた。

「あなたお茶は？」

「うん、後でいい。洗い物は俺がやるから、テレビでも見てろ」

入り婿《むこ》の習性が抜けないのか、家事にマメな父は喜々として台所に立ち、慌《あわ》てて後を追ってきた義母となんだか仲むつまじい。先ほどの話は義母には聞こえていなかったのだろうかと、ちょっと安堵《あんど》した。そこは二人に任せることにして居間に戻ると、ちょうど弟が席を立つところだった。彼は私に軽く合図して廊下に出た。そうだ、明日の対策を立てなければならなかったのだ。障子を開けたまま、弟は廊下で待っている。私もすぐに居間を出た。

弟の部屋は、物があるにもかかわらず、機能的に整頓されていた。押し入れにつめた漫画コレクションと洋服しかなく、表面上は閑散としている私の部屋とはえらい違いだ。机には辞書や参考書がキッチリと立てられ、本棚には大きさ別に整然と本や雑誌が収められている。パソコンだけは専用の机がないらしく、庭に面した窓の下、畳の上に直接放置されていた。

「なにこれ。こんなの床に置いて、使いにくくないの」

畳にパソコンという、どうもそこだけしっくりこない空間を指して、私は言った。

「もう慣れた。寝転がってもできるし、キーボードを膝《ひざ》に置いてあぐらをかけば、結構楽なもんだよ」

そういうものだろうかと、私は畳に座り込み、電源を入れていないパソコンのキーボードをカチカチと打って気分を出してみた。

「姉ちゃんさ、俺の母さんに遠慮して、自分の母親のこと、全然知ろうとしないだろ。せっかく親父が帰ってるんだから、もっと聞いてみればいいんだ」

弟の申し出はありがたかったが、少しも記憶にない母親のことを今さら、あの父の口を通して聞いてみようという気にはならなかった。

「それより、旅人が民俗学をやりたいなんて、私全然知らなかったな」

「姉ちゃんが民俗芸能をちょっと研究してただろう。面白そうだと思ったんだ」

研究というのはおこがましい。ただ芸能を伝える村に行って、その土地の若者とたくさん飲んで楽しんできただけのことだ。しかしここは姉の威厳を保つ滅多にない機会なので、「研究」の真実の姿については口をつぐむことにした。弟も私の正面に座りこみ、

「で、どうする」

と本題を切り出した。

「どうするもこうするも、お父さんはあのとおりの人だから、まあ私たちにうるさいことは言わないでしょう。お義母さんも明日は、借りてきた猫状態だろうし」

「やっぱり問題なのは親戚と後援会と……谷沢か」

弟は途方にくれたような目をした。

「谷沢も、今日こっちに来るなんて一言も言わないで。人が悪いよな」

そんなのは前からだと思ったが、気になって尋ねた。

「なに、あんた谷沢さんとしょっちゅう連絡取り合ってるの？」

「ああ、メールでやり取りしてるんだ」

いい年して文通か。ガックリきた。谷沢の過保護ぶりは可愛《かわい》い娘を持った父親以上のものがある。

「谷沢さんて旅人の奥さんだね、すでに。そんなに愛してくれちゃってるなら、明日、旅人がいやがるようなことは言わないでしょう」

それは甘いと弟は首を振った。

「谷沢は結局親父に付いている人間だぜ。そりゃあ当然、俺に跡を継がせて、主導権を藤崎の家から親父個人のほうへ引き寄せたいと目論《もくろ》むだろう。万が一姉ちゃんが跡を継ぐなんてことになったら、また元の木阿弥《もくあみ》。藤崎という血族で固められちゃうからな」

また、疑問が再燃した。藤崎の一族が大きな顔で親族会議などというものを開けるのは、私がこの屋敷にいるせいなのではないか。たとえば私が大学進学を機に家を出ていれば、父や義母や弟は血縁にこだわる藤崎の親戚を気にせずに、思ったとおりの生活ができていたのではないだろうか。私がここにいることが、物事を複雑にし、バランスをくずす一番大きな原因なのではないか。やはり住み慣れた自宅の気楽さに負けて、結構な時間をかけて東京の大学に通うことにしたのは失敗だったかと、私は唇をかんだ。

「可南子、姉ちゃん」

弟が心配そうにのぞき込んでいた。

「姉ちゃんも政治家になんてなりたくないんだろ?」

「あったりまえでしょ。私は漫画編集者になりたいのよ。そのために就職活動してるんじゃない」

「してたっけ」

「してます」

弟は笑って、煙草《たばこ》に火をつけた。

「じゃあ、明日は戦うしかないな」

「どうやって?」

「嫌だって言い張るんだよ。それから、俺たちはお互いに、相手に跡継ぎの座を押し付けたり譲り合ったりしない。相手の思う壺《つぼ》だから」

「ただ嫌って言うだけ？　大丈夫かな、そんなので」

煙を吐き出し、弟は手を伸ばして机から灰皿を取った。

「時間はかせげるだろう。今回を乗り越えれば、しばらくは平気だ。とにかく俺が希望の学部に入っちゃえば、少しは諦《あきら》めるだろう。今だと無理に法学部とか経済学部とか受けさせられそうだからな」

私はため息をついた。

「あんたがもうちょっと出来が悪ければねえ」

「期待されちゃうのもつらいっスよ」

わざとおどけたように言う弟に、まだ安心できず、重ねて私は問う。

「旅人か私か、多数決で決められちゃったら？」

「一応可南子と俺とで票が分かれると思うけど」

「いちおう？」

笑いながら弟は、トントンと灰を落とした。

「言葉の綾だよ、おねいちゃん」

明日は「拒絶の鬼」になることを確認しあい、私は弟の部屋を辞した。

「朝早くから支度するんだろ。もう風呂《ふろ》入って寝た方がいいぜ」

「先に入っていいの？」

「どうぞ」

パソコンを立ちあげながら、背中で弟は答えた。

「一番風呂は体に悪いですけれど」

いいのだ。それでも私はまだ湯気のこもらぬ風呂場が好きなのだ。用意をしてから長い廊下を風呂場まで行くと、能天気な鼻歌が聞こえた。一番風呂を取られた悔しさに震えつつ、

「お父さんのバカッ」

と言ってやった。「おう、なんだなんだ」と間の抜けた声と湯のあふれる音がして、不覚にも私は笑った。

翌朝、義母にたたき起こされ、島田さんに振り袖《そで》を着付けしてもらった。刺繡《ししゅう》やら箔《はく》やらのある、藤色の豪華なものだ。それに金糸の帯を締め、ということは今日は座敷で正座なのかと青ざめていると、義母が入ってきた。

「あら、可南子さん。いいじゃありませんか。あなたのお母様が着てらしたものだぞ

うですよ。大切になさい」

「はい」

義母は地味だが品のよい着物をキチンと着て、また台所の方へと去って行った。今日は近所のおばさんたちが、炊事を手伝いに来てくれているのだ。

「なんだかんだ言っても、奥様は可南子さんのことを気にかけてらっしゃるんですよ」

仕上がりを満足そうに眺めながら、鏡の中で島田さんはしきりにうなずいた。

続々と親戚《しんせき》や後援会の人たちが門をくぐってやってくるのを、私は自分の部屋の窓に腰掛けて、竹の隙間《すきま》からのぞき見ていた。玄関からは父と谷沢が挨拶《あいさつ》している声も聞こえてくる。

「可南子」

呼ばれて振り返ると、障子のところに弟が立っていた。

「そろそろ皆そろったみたいだ。行こう」

弟は仕立ての良さそうなスーツを着ている。

「どうしたの、その服。旅人は高校の制服でいいじゃない」

「これを機に買ってもらった」

ぬかりのない弟はただでは起きない。うまく父か義母に出資してもらっていたようだ。

「いいなあ。私も買ってもらえばよかった」

「どうせ『仏像柄ワンピース』とか変なの買うんだから、着物で正解だろ。で、その『馬子《まご》にも衣装』なゴージャスな振り袖はどうしたんだよ」

「私の死んだお母さんのなんだって。お義母さんが着せてくれた」

「へえ」

普段はあまり見慣れぬ着物というものを、弟はまじまじと見た。

「綺麗《きれい》だね」

「ありがとう」

「いや、着物だよ」

生意気な弟に振り上げた拳《こぶし》がうまくかわされたところで、座敷の前に到達した。開け放された襖《ふすま》の向こう。二十畳はある座敷には、スーツや着物の見覚えのある人々が、談笑しながらズラッと並んで座っていた。そして彼らの視線が、今まさに弟を殴ろうとしていた私と、ちゃっかり澄まして立っている弟の方へと向けられる。慌てて手を下ろし、ニッコリ笑って会釈《えしやく》した。弟も軽く頭を下げ、二人で部屋に入っていった。

部屋を二重に囲む形で座っている人々の、入り口に一番近い席に谷沢がいた。手で、床の間に背を向ける場所を示される。私たちはおとなしく、用意されていた座布団《ざぶとん》に座った。床の間を真後ろに控えた場所には、父が座るらしい。少し離れてその横に私が、さらに私の隣に弟と義母が、谷沢のいる入り口の方へと座っていくことになっていた。

座布団に正座しながら、私は悪態をついた。

「姉ちゃん、聞こえるぜ」

人々はそれぞれに話に興じているように見せかけながら、ひっそりと私たちの方に視線を向け、耳をそばだてているのだ。

「いいのよ、聞こえたって」

私は開き直った。この純和風の家において、私は正座は決してしない。座りだこを防ぐため足を投げ出したり、あぐらをかいたりして過ごしてきた。その努力のおかげで、西園寺さんの美的感覚をも満足させる、脚の中の脚を維持できたのだ。それなのにこんなくだらない集まりのせいで、頼みもしないのにやってくる輩《やから》たちのおかげで、これから何時間か知らないが正座なのだ。男たちはすぐにあぐらだから良いが、女の着物ではそうはいかない。この苦行を乗り越えられるだろうかと考えれば、悪態の一つや二つもつきたくなるというものだ。

「座りだこができたらどう責任とってくれるつもりなのよ、このジイさんどもは」

やれやれと弟がため息をつき、

「終わったら俺がマッサージしてやるから」

と父親のような口調でなだめてくれた。


外は五月晴《さつきば》れというのが本当にふさわしい、「宇宙直結」のお天気だというのに、私はこうして足の痺《しび》れと戦っている。窓が切り取った、冷たいほどに青く見える空をぼんやりと眺め、それから室内に視線を戻した。咄嗟《とっさ》に順応できない目が、部屋の中を暗緑色に見せた。まるで沼の中の集いのようだ。父と義母が連れ立ってやって来て、父は堂々と中心の席へ、義母はおずおずと入り口に近い席へつき、いよいよ会議がはじまった。まずはビールや日本酒と軽いつまみが運ばれる。わざわざお運びいただいて、などという簡単な挨拶のあと父が音頭《おんど》を取って乾杯し、一同しばらく世間話に花を咲かせた。父が酌を断り、また自らも歩き回ったりしないため、なんとなくこの座では手酌でということが不文律として行き渡ったようだ。銘々が好きなペースで飲んでいる。義母は明らかにホッとした様子で、つまみと酒の残り具合を見計らって、廊下に伺いにくる島田さんに指示を出していた。父は、政治にはまったく素人《しろうと》の義母を、こういう席に出して気苦労させることを好まない。もちろん酌など決してさせたがらないのだ。それを稚気《ちき》と言うこともできるだろうが、私は父の感覚を正しいと思う。

それで私は、手酌で日本酒を干していた。ビールだとトイレに行きたくなってしまって、着物では困ると考えたからだ。隣ではこれまた平然と、弟が水のように日本酒を飲んでいた。彼がまだ未成年であることは、ここでは気にする者もいないようで、誰もとがめはしなかった。ただ谷沢が、チラと視線を送ったのみで。

右手の窓を背に、父に一番近い場所に座っていた老人が、私に声をかけてきた。

「可南子、女がそんなに飲んではいかんぞ」

あれは誰だ。弟がすかさず耳元で、

「藤崎の翁《おう》の弟。久蔵さん」

と教えてくれた。

「まあ、久蔵おじいさま。ご心配いただいて。でも酒の酔いより足の痺れの方が深刻ですわ。くずしてもよろしいかしら」

そう言って私は返事を聞く前に横座りになった。フー。死ぬところだった。苦行をあっけなくリタイアした私は、足を揉《も》み、それきり「久蔵おじいさま」は無視して、弟が「うまい」と勧めてくれた酒をまた飲みだす。おばさんたちが眉《まゆ》をひそめるのがわかったが、私は気にしなかった。だいたい今どき、女が酒を飲むなんて、などと言う人間の方がおかしい。そういう人が、男のくせに飲めないのか、などと部下に酒を無理強いしたりする。阿呆《あほ》らしい。女は酒を飲むべきではない、男は酒を飲めねばならない、というのなら、その酒で女に負けない自信があるのだろうな。以前、新宿で嫌がる砂子に言い寄ってきた男を、酒で打ち負かしたことを思い出し、私は苦笑した。あの時私は一人で一升半飲んで、倒れた男をヒールで踏み付ける砂子を引きずって帰ったのだ。思えば色恋沙汰《ざた》を私に始末させておいて、自分は最後に意識のない相手を踏むとは、砂子も血も涙もない酷《ひど》い女だ。もう二度と彼女のためにあんな馬鹿《ばか》な勝負をするのはやめようと胸に誓った。だいたいあんなふうに酒の強さをひけらかしては、本当の酒飲みとは言えぬ。

そんなことを考えているうちにも、弟は黙々と飲み続ける。ザルというよりすでにワクなのは、血筋なのだろう。現に父の前にもうお銚子が五、六本転がっている。ものすごいペースである。もしやこのハイペースを守りたいがために酌を禁止しただけなのではないかと、疑惑の目を父に向けたとき、私に見事に無視されていた久蔵が、気を取り直して声を張り上げた。

「さて、皆さん。今日お集まりいただいたのは他でもない。健二君の、この藤崎の、後継者をそろそろ決定しておかねばならないからです。皆さんご承知のように、政治家に必要なのは『地盤・看板・カバン』じゃ。看板カバンはおいおい付いてくるもの。なんと言っても代々の藤崎に対する皆様からのご信用、『地盤』が一番の宝。健二君は亡《な》き翁の娘、由美子が見込んだ男だけあって、とてもよくやってくれておる」

あちこちから、うなずきや賛同の声があがった。父はちょっと微笑《ほほえ》んで、軽く頭を下げた。どうやら完璧《かんぺき》に、「繊細な政治家（入り婿《むこ》）」という演技モードに入ったらしい。しかし繊細な人がこんなにガンガン酒を飲むものだろうか。弟と私は目を見交わし、肩をすくめた。

「そして次なる問題は、この大切な地盤、つまりは皆様のご信用を、誰に受け継がせるか、ということです」

久蔵は酒を飲んで喉《のど》を湿らせた。

「提案のある方はいらっしゃいますかな」

さざ波のように人々の囁《ささや》きが座敷に満ちた。そんな中から一人の男が立ち上がる。

「僕は可南子さんを推《お》しますね」

目で問う私に、弟は答える。

「可南子のお母さんの妹の旦那《だんな》。充《みつる》さん」

そんな人は知らんなあと思いながら、つまみのスルメを噛《か》んだ。

「僕たちの間に子供ができなかった以上、藤崎の若い世代は可南子さんだけです。まして彼女は藤崎本家の最後の一人」

私はトキか。馬鹿らしい。フンと鼻を鳴らすと、弟が肘《ひじ》でつっついていさめた。

「ここは藤崎の血を受け継ぐ、由美子さんのお嬢様、可南子さんしか考えられません」

久蔵はじめ、藤崎の親戚と見える老人たちが、したり顔でうなずきあっている。後援会の人たちも、あえて反対という声も上げず、ただざわついているだけだ。後援会の人たちが固まる席の中に、喫茶店にケーキを入れてくれている、商店街のケーキ屋の主人の顔を見つけ、私はこっそり手を振った。周りの人間との議論には加わっていなかった彼はすぐに気づき、「大変だねえ」という顔で苦笑してみせた。それにしても、反対意見が出ないとはどういうことだ。私の人望が篤《あつ》いせいね、などと自惚《うぬぼ》れるほど、自分を把握していないわけではない。これは久蔵が謀《はか》って、すでに皆が丸め込まれている出来レースなのではあるまいか。弟をうかがうと、大丈夫だ、というように片眉をあげてみせた。猪口《ちょこ》を置いて、父がおもむろに口を開いた。

「可南子、おまえの意志はどうなんだ」

それは決して大きな声ではなかったが、座敷中に染《し》みわたり、瞬《また》く間に水を打ったような静寂が生まれた。

「私は……」

さすがにやや気を飲まれて唾《つば》を飲み込んだとき、

「お待ちください」

谷沢が背筋をのばして正座したまま、声を上げた。緊張から解き放たれて、体の力を抜いた私に、弟が「ホラな」と笑った。

「跡継ぎを可南子お嬢さんに、というご提案に、私は反対です」

藤崎の長老格である久蔵に真っ向から立ち向かう谷沢の心積もりが察せられ、おおっ、とどよめきが上がった。

「なんと谷沢。ではおまえは……」

久蔵が顔を赤くして問いただす。

「私は旅人ぼっちゃんを推挙いたします」

「私もです」

立ち上がったのは、後援会長の西脇《にしわき》だ。激しく谷沢を糾弾しようとしていた充は、腰が砕けた。支持者の長である西脇が、旅人を推すとは予想もしていなかったといった風情《ふぜい》だ。それは久蔵も同じだったと見えて、

「謀ったな、若造め」

と悔しそうに吐き出すのが聞こえた。

「聞いた？　旅人。あのジイさん、時代劇の悪役そのものだよ」

「こんな古い屋敷でみんなで集まってると、誰でも少なからず役を演じる自分に酔っちゃうもんだよ」

弟はさっぱり酔いを見せずに、今度は島田さんが運んでくれた冷えたビールをグビリと飲んだ。

「それより姉ちゃん。俺、腹減ってきたよ」

「私も」

「父さんもだ」

体を寄せてひっそりと言った父だが、谷沢ににらまれて、慌《あわ》てて威儀を正した。

「今さら血などというのも、ナンセンスです。すでに藤崎の血は一滴も入っていない

健二氏が、このように立派に政治家としてキャリアを積んでいるのです。どうしても一族から跡継ぎをと言うのなら、健二氏の息子である旅人ぼっちゃんにも、公平に機会が与えられるべきだ」

谷沢は落ち着いていて、しかし熱っぽさを隠さずに言った。出端《ではな》をくじかれていた充おじさんは、久蔵ジイさんのひとにらみで、慌てて再度反撃に出た。

「健二さんは、そりゃあ立派にやっていらっしゃる。しかしそれも藤崎という後押しがあってこそ、ですよ」

「その藤崎も、私たち後援会があってこそ、ということをお忘れなく」

爬虫《はちゆう》類のような顔の西脇が、眼鏡を押し上げながら発言した。

「これはあくまで私の個人的な見解ですが、やはり時代の流れとともに、より有能な人材を私共も応援していく必要があると考えますね。いつまでも血縁を重視していても、有権者の益にはならない」

西脇の視線が私を撫《な》でた。

「失礼だが、可南子さんは、政治家には向かないお人とお見受けしますが」

当たり前だ。私はワイロを贈ったりもらったりせずに、堅実に働いてささやかな幸せをかみしめるのだ。たとえば給料日にウナギの蒲焼《かばや》きを買い、翌日の朝は取っておいたタレの残りをご飯にかけて、前夜のウナギの味をまた楽しむ、というような。

「文学部でいらっしゃるし、婿《むこ》を迎えるという形にせざるをえないでしょうが、そうなると二代続けて、ですよ。また後々問題が生じるでしょう。それだったら今、健二さんのご子息を跡継ぎにした方が面倒は少ない」

谷沢は口元に浮かんだ満足そうな笑みを、ビールのコップを傾けることで巧みに隠した。西脇は最後の駄目押しとばかりに、ねじこむ。

「それに、旅人さんは政治家にふさわしい人材です。そのカリスマ性といい、頭の良さといい……」

カリスマがあるらしい弟が、唐突に言葉を挟んだ。

「でも、俺も文学部に行きますよ」

西脇に流れたかと見えた形勢は、凍りついたように静止した。

「せっかく集まっていただいたのに、とんだ茶番で申し訳ないが、俺は親父《おやじ》の跡を継ぐ気はさらさらありません」

谷沢が思わず立ち上がろうとするのがわかった。勝ち誇ったかのように久蔵が何か言おうとするのを牽制《けんせい》するため、ちょっと大きな声で、弟は私に話題を振った。

「姉さんはどう思う?」

「もちろん私だって跡なんて継ぐ気ないわよ」

「可南子、そんなことは通らんぞ」

久蔵が立ち上がり、反対に谷沢は力が抜けたかのようにあぐらで座り込んだ。

「通るも通らないも、政治家が世襲制だなんて、聞いたこともありません」

酒の勢いも少し借りて、私はきっぱりと言ってやった。ケーキ屋の主人がパチパチと手をたたき、充ににらまれて人の陰に隠れる振りをした。

静まり返った座敷に、それまでひたすら沈黙を守っていた義母の声が響いた。

「皆さん、あの、お昼のお膳《ぜん》を運んでよろしいかしら」

気を取り直したように、人々はまたざわめきはじめる。島田さんを先頭に、近所のおばさんたちが手際《てぎわ》よく膳を運んでくれた。おつゆや焼き魚や煮物や天麩羅《てんぷら》や茶わん蒸しが乗っている。空腹にさいなまれていた私は、情勢を気にしつつも、さっそく箸《はし》を取った。

「うん、おいしい」

「これやるよ」

弟が茶わん蒸しをくれた。私の大好物だが、弟はあまり好きではないのだ。塩辛いプリンみたいで気色悪い、という。好物は後に残すタイプの私は、しかし弟の分はありがたく先にいただくことにした。それでもまだ最後に自分の分の茶わん蒸しが残っているのだと思うと、幸福で身が震える。父は醤油《しょうゆ》やタバスコをかけるべき料理を見つけられずに、つまらなそうに魚をほぐしていた。

座敷に集った人たちは、肝心の跡継ぎ候補が二人ともきっぱりと辞退してしまったことに、やや肩透かしを食ったようだ。ひそひそとこの会議の行方を予想しながら、向かい合う位置に座っている久蔵と谷沢を見比べている。

流れが意図した方向に行かないので、久蔵は天麩羅をたっぷりとつゆにひたしながら一計を案じたらしい。おもむろに口を開いた。

「どうかね、谷沢君。君は大変優秀な政治家秘書だ。健二君も君を一時も離さないほどの重用ぶり」

妻子とは別居しているくせに、中年の男と常に行動を共にするとは、考えようによってはかなり妙だと、私はこっそり父と谷沢をうかがい見た。しかし二人とも、シラッとした態度で久蔵の話を聞き流している。

「その有能な谷沢君が、血縁重視に疑問を感じるのももっともなこと。ではこうするのはどうかな?」

何を言い出すつもりかと、皆の目が一斉に老人に集まった。彼は満足そうにたっぷりと間を取ってから、厳《おごそ》かに提案した。

「谷沢君に、可南子の婿養子になってもらう」

ブーッ。飲もうとしていた日本酒を私は漫画のように吹いてしまった。驚異的な反射神経を見せた弟がハンカチをさしだし、私の着物はかろうじて救われた。父は隣で、ご飯を喉につまらせ苦しんでいる。谷沢の箸から床に、漬物が転がり落ちた。

「ちょっ、ちょっと待ってください！　なんで私がこんなオジサンと結婚しなきゃいけないんですか。いやですよ！」

慎みを忘れて私は抗議した。米粒をようやく喉から払い落としたらしい父が、

「でもおまえ、西園寺さんと付き合ってるんだろう。それにくらべたら谷沢なんてまだ若い方だぞ」

と、私にだけ聞こえるように言った。冗談を言っている場合だろうか。思い切り父をにらみつけ、おおかた弟から谷沢経由で父まで伝わったのだろうと、口の軽い男どももついでににらむ。久蔵はそれには気づかずに、闊達《かったつ》に笑った。

「なあに、二十くらいの差など気にするほどのことではない。どうだ」

久蔵のとんでもない提案にさすがに度肝を抜かれていた一同は、なるほどそれもありか、などと言いはじめた。

「だいたい、じーさんもよく考えてよ。今から谷沢と結婚して、すぐ子供ができるとしても、その子が被選挙権を得るまで少なくとも二十五年はかかるのよ？　その間どうするの。お父さんも谷沢も生きてるかわかんないわよ」

じーさんとはわしのことかと、久蔵はムッツリしていたが、健二君も谷沢も長生きの相だなどと、なんの根拠にもならないことを言う。つまりは何も考えていないのである。思いつきをこんな重要な局面で言わないでほしい。

「一つ訂正させていただくと、可南子お嬢さんと私の年の差は十七です。それから、私にも好みというものがあります。可南子お嬢さんのことは、子供のころから面倒を見させていただいてますが、失礼ながら……」

谷沢は遠慮もなく失礼な男なのだ。

「なに言葉を濁してんのよ、谷沢！　ホントに失礼よ、あなたって」

憤《いきどお》る私を、谷沢は面白そうに眺めた。彼はいい年をした大人なのに、昔からあらゆる手で私をからかうのを趣味としているのだ。

「姉ちゃん落ち着け」

私の袖《そで》を引いて、弟がなだめた。そして久蔵に向かい、笑いをこらえて言う。

「谷沢はもう結婚していますよ、久蔵おじいさん」

エエーッ。ほとんど声にならぬ驚きが、父を除いた、谷沢を知る人間すべての口から発せられた。

「なあ、谷沢」

「はい。私には妻も子もありますが」

すまして谷沢は答えた。弟への溺愛《できあい》ぶりは、とても妻子あるもののすることとは思えぬ度合いであったが、父も何も否定しないところをみると、本当に谷沢は妻帯者だったらしい。

「それならそうと、さっさと言ってよ。『失礼ながら……』なんて言ってないでさ」

皆の前だというのをすっかり忘れて、私は谷沢に食ってかかった。

「すみません、お嬢さん」

つい面白くて、と谷沢の表情が語っていた。久蔵おじいさんは、ことごとくうまくいかない成り行きに、震えながら怒りをこらえている。

「谷沢！ 離婚して可南子と一緒になれ！」

あまりのことに、あちこちから失笑が起きた。父も笑いながら、場を収めにかかる。

「まあまあ、おじさん。あまり無茶をおっしゃらずに」

すっかりたいらげた膳を脇《わき》へどけ、父は一同をぐるりと見渡した。

「どうですか、皆さん。私はまだまだこれからも皆さんのお力添えのもとに頑張っていくつもりです。今すぐに跡取りを決める必要はないでしょう」

久蔵にも谷沢にもくみしていなかった人々が頷《うなず》きあった。久蔵は苦い顔だ。

「ここまで政治家という職業をやらせていただいてわかったことは、どれだけ無能とそしられようと、やはり熱情がなければ勤まらないということです。無能は無能なりに政治家を続けていく理由は、名誉や金のためではない。そして政治家を政治家たらしめるのは地盤ではない。ただ情熱なのです。そうでなければならないと思っている。その意味で、残念ながら私の子供たちはこの職業には向かないと、私は思います」

皆が聞き入っている。父は計算しつくされた手の動きで、ほっそりした指をゆるゆると組んだ。

「しかしまあそれぞれの思惑もあることでしょう。それにこの子らの気持ちが変わらないともかぎらない。だから今日のところはこれまでに。また彼らに変化があった時は、皆さんに判断していただくということで、いかがですか」

賛成、の声が上がった。なんなのだ。では今日の集まりはなんだったのだ。父お得意の、いやなことは先送り作戦が、うまく功を奏してしまったらしい。さすがに口のうまい男だ。しかしそれ以上に、集まった人々も無駄を察したのに違いない。その気がない私と弟に失望したのだ。昼も食べたし、そろそろ帰るっぺかな、というところだろう。だがそれでは収まらないのが久蔵はじめ、藤崎の血縁者だ。

「それじゃあ藤崎はどうなる。可南子が継がないとなったら、もう藤崎は終わりだぞ。健二君、そりゃあ無責任というもんじゃ」

久蔵はほとんど哀訴に近い調子でかき口説く。

「この藤崎の家に、あんたはよそ者を住まわせている。そのうえ、脈々と築きあげてきた伝統と人脈まで、あんたは絶とうというのかね」

怒髪天をつくとはこのことかと、どこかとても冷たい一点が認識した瞬間、一斉に体中の血が頭に昇った。その凶暴なまでの衝動に突き上げられるようにして私は立ち上がったが、長時間におよぶ横座りのせいで、血液の流れがせき止められていた私の脚は完全にしびれており、そのまま惨《みじ》めにつんのめった。突然激しい動きを見せたかと思うと、そのまま畳にはいつくばった私に、驚いたように皆は腰を浮かした。

「なんじゃ、可南子。だから女がそんなに飲むなと言ったろう」

久蔵の呆《あき》れたような声が聞こえ、私は腕で上半身を起こした。怒りと羞恥《しゆうち》で顔が赤く染まっているのが感じられた。

「ちがーう！　私は酔ってるんじゃありません。脚が痺《しび》れたんです！　それよりなんですか。聞いてれば勝手なこと言って。よそ者って誰のことです。この家は母から、父と私が相続したのよ。久蔵じーさんのものじゃない。その家に義母《はは》と弟と私が住んでいて、何がおかしいというんです。よそ者といったら、それは人の家のことに口出しする、久蔵じーさんのことよ」

困ったように、久蔵は口をうごめかせた。

「可南子さん」

義母が小声で、しかしきっぱりと私をたしなめる。つい熱くなってしまった私は、その時になって猛烈な後悔に襲われていた。この家で生まれ育った久蔵おじいさんに対して、あまりにも思いやりのない発言ではあった。私が座り直すのを、弟が手伝ってくれた。

「……すみません。言い過ぎました」

気まずい沈黙の中で、私は久蔵に頭を下げた。

「むむ。では跡を継いでくれるか」

なぜそうなる。

「ヤです」

こうして怒濤《どとう》のように親族会議は終わったのだった。何一つ収穫も前進もないままに。

「クゥーッ。私のゴールデンウィークを返せー」

最後の客が帰り、また緩やかな時を刻み始めた屋敷の庭で、鯉《こい》にエサをやりながら私は叫んだ。ようやく重い着物から解放され、腕を大きく回してエサを投げるものだから、鯉たちは翻弄《ほんろう》されまくっている。激しい水音を聞き付けて、弟が家から出て来た。

「あ、旅人。お疲れさん」

「可南子、ああいうこと言うなよ」

激高発言を指しているとすぐに察して、私は池に向き直った。

「だって悔しかったんだもん。旅人だっていやでしょう?」

「だけど俺やおまえがあんなこと言ったら、お袋が勘ぐられるんだぜ。そういうことを吹き込んでるんだ、とか、育て方が、とかな」

そういうことを外野に言わせないためにも、はっきりさせた方がいいと思ったのだが、確かに微妙な問題なのだ。ちょっと配慮が足りなかったと反省し、私は鯉を見たまま「ごめん」と謝った。

隣に立った弟は真剣な目で、暴れ回る鯉たちを見ていた。えさを撒《ま》きながら、

「まだ怒ってるの」

と顔をのぞきこむと、弟はとりつくろうように笑って首を振った。

「いや、怒ってないよ」

ちょうどその時、家の中から義母に呼ばれたので、弟は返事をして池から離れた。

そして途中で振り返った。

「姉ちゃん。俺はなんとしても谷沢を諦《あきら》めさせるよ。でもそうなったら姉ちゃんはますます後継者の座に近づくことになる。それがいやだったら職につけよ」

言われずともつくわい。この不毛な集まりのせいで、貴重な時間を無駄にしてしまった。今ものすごく、砂子と二木君に会いたい。週末にある、出版社の試験の時に会えるだろうか。

夕飯も食べずに、父と谷沢は東京に帰っていった。案の定、帰りがけに谷沢は弟に、

「私は諦めていませんよ、ぼっちゃん」

と言った。

屋敷はこれまで以上に静かになったようだった。玄関に入ろうとして振り返ると、門の外では、まだ義母が父を見送っていた。

四、筆記

さわやかに晴れていた連休中とは打って変わって、その週末は雨になった。まるでもう梅雨に入ったかのように空気が湿っぽくなり、細かい雨が音もなく大気中に充満したかと思うと、今度は大きな水滴が強く傘を叩《たた》いたりと、雨足のリズムは不規則に乱れた。

今日から出版社の試験シーズンが始まる。まずは大手出版社、K談社だ。砂子《すなこ》も二《に》木《き》君も出版社を受けるので、これでも私たちはマスコミ試験用の「一般常識」問題集で、たまに研鑽《けんさん》を積んできた。研鑽とはたまに積むものではないとは思うが、この問題集ときたらとことん馬鹿《ばか》らしくできているのだ。「以下のタレントを、所属する芸能プロダクションに、それぞれ振り分けなさい」とあって、プロダクション名が四つ書いてある。そしてその下に、「ダウンタウン」や「池谷幸雄」や「森脇健児」ら芸能人十二人の名前があるのである。これのどこが「一般常識」なのだ。私たちは数問解いては、「こんなの、ほんとに覚えなくちゃいけないの」と必ず誰かが言い出して問題集を閉じてしまうので、たまにしか研鑽を積めなかったというわけなのだ。

情報君が言っていた「マニュアル本」の類《たぐ》いは、砂子が近所の図書館で借りてきた。情報君の話は嘘《うそ》ではなく、「平服と言われても、無難にリクルートスーツで」とたしかに書いてあって笑ってしまった。

「この著者近影を見てよ。むちゃくちゃうさん臭いよね。肩書も横文字のものをはじめ、いくつもあってさ。バブル最盛期に入社して、業界で甘い汁を吸いまくって独立、って感じじゃない」

砂子は容赦がない。

「こんな薄い男になんだかんだと言われたくないわよ、この不況のときに。『無難』なんて言って、学生を平均値にならして、『僕の本を読んで会社に受かった人がたくさんいる』って言いたいだけだったのね。こいつの思う壺《つぼ》じゃないのさー」

私も勢いづいて同意する。二木君はパラパラと本をながし読み、すぐに閉じてしまった。

私の隣で砂子が本を取り上げ、感嘆の声を上げた。

「ここ読んでよ、この『体験者の話』。『自己PRで、私の自慢はこの笑顔です。笑いじわがそれを証明しています、とニッコリ笑ったらOKでした』だって」

そんな基準で選んでるからバタバタ会社が潰《つぶ》れるんだよ。私たちはひとしきり吠《ほ》えた。

「まあまあ」と二木君がなだめたが、それからはちょっと読んでは腹を立てる、ということの繰り返しで、「マニュアル本」は精神衛生上すこぶるよくない代物《しろもの》だった。

「ああ、私には人事担当者の好みやセンスがまったく理解できないわ」

と砂子が嘆いた。

「これじゃあ対策の立てようがないねえ」

私たちは仕方なく、当面の学力試験のクリアを目指し、スパイ試験の問題集を解くことにした。

K談社の試験会場のある池袋では、地図を確かめるために受験票を取り出す必要もなかった。大勢のリクルートスーツ姿の人々が、ゾロゾロと歩いていくのだから。なるほどこちらの方向か、と私も歩きだした。池袋はまったく不案内なので、もしも全然見当違いな催し物会場に着いてしまったらどうしよう、と少し不安を覚えた。しかし片手に傘をさした状態で地図を取り出すのが億劫《おっくう》で、そのまま漫然と人々の後を追う。

雨は嫌だと思った。それから、高層ビルを真下から見ても、ちっとも面白くないと思った。私は新宿のビル群が好きだ。あの無機質なようでいて繊細さを兼ね備えたビルたちが、毅然《きぜん》と、しかし身を寄せあって夕闇《ゆうやみ》の中に浮かび上がり、真珠のような窓の明かりを纏《まと》っているのを電車から眺めるとき、私はとても寂しい気分になる。だがそれは、私を昂揚《こうよう》させる寂しさなのだ。友達と別れて渋谷のスクランブル交差点を渡るときの気分とも似ている。どんなに人がたくさんいても、さよならを言い合えるのはほんの少しの人とだけなのだなあと実感するときだ。砂子は地方から出てきたから、未《いま》だに人込みが嫌いだ。ゴールデンウィークも親戚《しんせき》の結婚式があるとかで、東京で一緒に暮らしているお兄さんともども実家に帰っている。でも私は、人がいっぱいいるのも、そんなに悪いことだと思わない。

また誰もいなくなってしまった家のことを考えた。弟はここ数日、姿を見せない。義母はお茶やお花を習うために出回っている。父が家に来て、また東京に帰ってしまうと、しばらくその状態が続くのだ。

水が染《し》みてきたスニーカーをぼんやり見つめながら、歩を進めた。今日はジーンズに「HARD TAIL」と書かれた矢がハートを貫いている意匠のプリントのTシャツである。時間がなかったので、気合を入れた格好ができなかった。それに穴のあいたスニーカー。もう買い替えないと駄目かなあと考えていると、ボヨンと傘に傘がぶつかる感覚がして、傘の表面についていた雨粒が一斉に私のスニーカーに滴《したた》った。道が混んでいるわけでもなし、不注意者は一体誰だと思ったが、顔を上げずにいると、

「可南子《かなこ》」

と二木君の声がする。びっくりして振り仰ぐと、やっぱり二木君だった。なんだかすごく久しぶりのような気がして、雨でしぼんでいた気持ちが明るくなった。

「ニキちゃん！ 会いたかったよう」

傘が邪魔ではあったが、私たちは肩を並べた。

「靴がなおさら濡《ぬ》れちゃったじゃない」

私の文句に二木君は足元に視線を降ろし、スニーカーを点検した。

「靴が洗えて良かったと思いなよ」

このスニーカーを、雨の日を選んで履いているのは事実だ。洗車していないからといって、雨の日に用もないのにドライブをして車の汚れを落とそうとするような、む

なしい悪あがきである。私は文句を言うのはやめにして、話題を変えることにした。

「勉強してきた?」

「まさか」

二木君は笑った。

「ああいう『一般常識』じゃあ、知らないことが出たらそれまでだろう。やんないよ」

それより、と二木君は傘の下から私を見下ろした。

「なんでうつむいてトボトボ歩いてるんだ。何かあったの?」

二木君にも砂子にも、家のことはそれとなくしか言っていない。彼らも、私が話さないことにわざわざ踏み込んでくることはしなかった。だから父の職業にしても、私が明確に説明したことはない。もちろんそういうことは自然とわかることだから、彼らも知ってはいるだろうけれど。

「ううん。なんにも。こんな天気だし、駅からわりと遠いし、憂鬱《ゆううつ》だなあと思ってさ」

そうだなあと二木君も息を吐いた。

「昨日、スナちゃんに電話してみたんだけど、彼女は試験、午前中らしいよ」

「えっ、二回に分けて試験やるの？」

「ああ。この会場から家が近い人は午前、遠い人は午後、という分け方みたいだ」

なるほど。二木君は千葉に住んでいる。私たちは互いの家に行くのに、三時間はかかるのだ。新幹線ならとっくに大阪まで行けてしまう。だから面倒臭がりの私は、さすがに二木君の家には行ったことがなかった。二木君は優しいから、芝居の練習にしろレポートの共同作成にしろ、砂子と一緒に私の家まで来てくれるのだが。

「この人数だと、どうやら書類選考はしていないみたいだな」

「ええーっ」

私は不満だった。勉強はしたものの、スパイ試験には自信がないし、「一般常識」も私の常識をはるかに越えるものが出題されそうだからだ。せっかく一生懸命、面倒なエントリーシートにいろいろと書き込んだのに、今日の筆記試験に落ちたら、あれは見られもせずに無駄になってしまう。

「せめて写真は返してほしい。結構高いし、次にまた使えるのに」

「ほんとだよなー」

ようやく試験会場についた。どういう形をしているのか、全体像を把握しにくい建物だった。大きな公民館か、官営の劇場といった趣である。次々にやってくるリクル

ートスーツの学生たちを、「K談社」の腕章をしたおじさんが、

「入り口はあちらです」

と誘導している。出版社はそれほど固くない会社というイメージがあるからか、こうして集まってくる人々を見ると、普段着の人間もチラホラいる。ちょっとホッとして、改めて傍らの二木君を見ると、ラテン調の色と模様の派手なシャツに、薄手の黒いコートといういでたちだった。色が白くヒョロッとした二木君は、なんだか無茶苦茶弱そうなインテリヤクザのようだ。その隣にはこれまたやる気のない格好の私が立っている。一体どういう組み合わせだろうと、笑いをかみ殺しながら入り口の方へと回っていくと、傍らからガッと腕をつかまれた。

驚いて手の持ち主を見ると、砂子だった。挨拶《あいさつ》をしようとする私に構わず、彼女はどんどん私を物陰に引き入れようとする。気づかずに行ってしまおうとする二木君のコートを慌《あわ》ててつまんで、私たちは砂子に引きずられて行った。

「なんだ、スナちゃんか」

「どうしたのよ、スナコ。あなたの回の試験はとっくに終わってるんでしょ？」

砂子は黒いシックなワンピースを着ていた。一体どこに筆記用具が？　と疑わしい小さなバッグしか持っていない。いつもどおりの彼女である。

「あんたたちを待ってたのよ。もっと時間に余裕を持って来なさいよ。見落としたかと思ってハラハラしちゃった。まあヘンな服の取り合わせの二人で、すぐわかったけど」

やっぱりもっとちゃんとした服を着るべきだったかなあなどと考えていると、砂子は声をひそめた。

「ところで、ね。コソボの位置は確認しときなよ」

「コソボ？」

二木君と私は声を合わせて聞き返した。

「出たのよ、コソボの場所はどこですか、ていう問題が。私はその地図を見ても、どっちが陸か海かもわかんなかったけど」

私たちは絶句した。

「いや、一応新聞読むし、わかってるけど……」

「可南子も？」

砂子が殺気立って私に問う。

「う、うん。私もご飯食べながらニュース見るし」

なんてこと、やっぱり常識なの、と砂子はつぶやき、今度は船が沈む、ヒットした映画の名前を挙げた。

「あの映画、見た？」

気圧《けお》されながら、私は頷《うなず》いた。

「西園寺《さいおんじ》さんの老人会の知り合いの人が、なんか映画会社とつながりがあるらしくて、フィルムをこっそり借りてきてくれて……集会所で上映するっていうから、西園寺さんとデートがてら見たけど」

「老人会の集まりに乗じてデートするなよ」

「それってデートって言える？」

二木君も砂子も呆《あき》れ顔だ。砂子は深刻な顔で、さらに声をひそめた。

「出るわよ」

「な、なにが？」

物陰でそんなことをいうものだから、思わずどもって、
と聞き返してしまった。

「なにがって、問題に決まってるでしょう。二木君はあの映画見たの？」

「いや、見てない」

「私も見てなかったのよ。ああ、見ればよかった」

砂子は悔しそうだ。あんなにヒットした映画なのに、この人たちは本当にはやりものには疎《うと》いなあと思っていると、砂子は、

「でもニキちゃん、今さら可南子にあらすじ聞いても無駄よ。もっと微に入り細を穿《うが》った質問が出るんだから。あれは見た人じゃないとわかんないわ」

と忠告している。

「いや、いいよ。あらすじは別に見なくてもわかってるし」

二木君はもっともなことを言った。

「私にアドバイスできるのはこれだけ。コソボよ。くれぐれもコソボの場所に注意してね」

「あの、ありがとう。でも……午前と午後じゃ、試験の内容違うのでは……」

言いかけた私を、視線で砂子はさえぎった。

「いいから。私はもう落ちたから。あなたたちは頑張ってね」

なんとも返す言葉がなく、無言でコクコクと頷く私たちに、ようやく満足そうに笑って、砂子は身を翻《ひるがえ》した。

「じゃあねー。これから私ノブ君と会うから」

暗がりに取り残されて、私たちはしばし呆然《ぼうぜん》としていた。

「なんだったんだ……」

「スナコの親切心よ、きっと」

「それはわかるけど」

二木君は毒気を抜かれたようだ。再び入り口に足を向けながら、

「まだ続いてるんだね、ノブ君とやらと」

「今度は長いな」

感想を言い合うのが精一杯だった。

一体何千人いるんだ。会場に入った私と二木君は、愕然《がくぜん》とした。体育館をいくつもいくつもくっつけたぐらいに大きなスペースに、びっしりと机が並べられ、一番前で説明をしている社員の姿は、小指の先ほどにしか見えない。もちろんマイクを使っている。こんな部屋（というには大きすぎる）が、この会場内にいくつもあって、それぞれびっしり人が詰まっているのだ。しかも午前の回も同じ光景が繰り広げられていたはずで、なんだか頭痛がしてきた。

「この何千人の中から、最終的にK談社に入社できるのは……」

「だいたい毎年二十人ちょっと。編集にいたっては十五人前後。女性は五、六人」

ちゃんと調べてきたらしい二木君の言葉に、私は絶望を感じた。ザッと見た限り、

男女の比率はほぼ五対五だ。女の子の競争率はものすごいことになっている。私がそう言うと、二木君は苦笑いした。

「男だって同じことだよ。こうなるともう運の問題だな」

帰ろうか、と目で問われて、私は気を奮い立たせた。

「帰らないよ。この試験だって、受けなければ確率はゼロだけど、受けたら少しはK談社に入れる可能性が出てくるんだから」

「珍しく建設的な意見だね」

からかう調子でもなく、二木君は言ってくれた。

「うん。私はね、テレビがなくても煙草《たばこ》がなくても、ぜんぜんかまわないの。でも本や漫画がない生活なんて、考えられない」

私は言葉を切って、二木君に伝わるように思っていることを整理した。

「だから……現実問題としてお金を稼いで毎日生活していかなければならないのなら、好きなことを仕事にできればきっと幸せだろうな、と」

二木君は少し首をかしげた。

「たぶん『好き』だけじゃすまない、つらいことだってあるよ？」

「うん、それでも。実際に働いてみないと、どれだけつらいことがあるかわからないけど、少なくとも今は、最初から諦《あきら》めてちっとも興味もない会社を受けたりするのはやめようと思うから」

二木君はつぶやいた。

「可南子がそんなに情熱的だなんて、ちょっと驚いたな」

「漫画のことだけかもね」

照れて笑う私に、二木君は重ねて問う。

「好きなものを諦めて後悔するぐらいなら、駄目でもともとでやってみたほうがいい?」

「うん。たぶんね」

二木君はそれ以上は何も言わずに、静かに微笑《ほほえ》んだだけだった。

私たちは、並ぶ机の列の中に足を踏み入れた。受験票と照らし合わせて、自分の席を探すのも一苦労だ。もう名前の記入法などの説明に入っている。ちょっと焦《あせ》って、キョロキョロと席を探した。すると、前方で説明していたK談社の男が、

「カクトウするものに丸をしてください」

と言った。なんのことだろうと私は思ったが、二木君がすかさずツッコミを入れた。

「ガイトウだろ」

ああ、「該当」のことかとわかって、なんだか力が抜けた。

K談社の男は、はるか彼方《かなた》で「カクトウ、カクトウ」と繰り返している。

「これは僕たち、案外受かるかもしれないよ」

二木君はいつもどおりの二木君に戻って皮肉っぽく言うと、じゃあねと軽く手をあげて、見つけた自分の席へと向かって行った。私もさらに辺りを見回して、ようやく席についた。

試験はまず、テスト業者が作っているSPIから始まった。またもや私の数字の回路は閉ざされたままだったので、手の赴くまま勢いでマークしていく。ようやくそれが終わると、今度はK談社が作った「一般常識問題」百題と漢字の書き取りテストである。百題という時点で、かなり脳みそに疲労を感じたが、それでもSPIよりはましかと気を取り直した。彼らの言う「常識」の範囲は幅広く、文学・映画・ファッションから政治経済、時事問題、流行物まで、多岐にわたった。政治や経済には疎いが、他は見当がつくものも多い。漫画や映画などはどんどん答えて、わからないものを後でじっくり考えようとしたが、考えたって知らないものは知らないから、何も思い出せない。結局すべてをパッパと勘で答えていく。どうやら午前と午後で問題を変えるほどの手間はかけられなかったらしい。砂子が言ったとおり、コソボの場所を問うものと、船の沈没映画のかなり細かい設定についての問題が、確かにあった。

三時間はかかっただろうか。ようやくすべての試験が終わったときには、達成感もあったが、アメリカ横断ウルトラクイズで雑学知識を試されたような疲労感をより多く覚えた。終わったからにはさっさと帰りたいのだが、あまりに人数が多いので規制退場である。まるでコンサート会場のようなことになっている。「帰ってよし」の許可が出るのをボーッと待っていると、二木君がやってきた。

「新宿まで一緒に行こう」

「うん」

「カクトウ」の社員からやっとお許しが出て、私は立ち上がった。

外に出ると、まだ雨は降り続いていた。この調子では明日も天気は期待できそうにない。

「明日は集A社の試験だよ。やっぱり雨かなあ」

「あ、僕さ、集A社は書類で落ちたんだ。だから明日は家で休む」

「あら。駄目だったの？」

「うん。エントリーシートの作文で、『一番嬉《うれ》しかったこと』に『寿司《すし》を食べた』って書いたのがよくなかったんだと思う」

二木君は淡々と言う。

「僕は寿司が好きだから、寿司を食べると本当に嬉しいんだ。でも冗談だと思われたのかもしれない」

そこで二木君は、隣を歩く私を見た。

「可南子は何にしたの」

「え……西園寺さんにワンピースを褒められたこと」

「まさかあのヘンテコリンな仏像柄の？」

図星を指されて私はドッキリした。西園寺さん以外の人間には、ものすごく不評だった一着だ。

「だって。誰も褒めてくれなかったのに、西園寺さんだけが良いって言ってくれたんだよ。嬉しいじゃない」

しばしの沈黙ののち、二木君は言った。

「あの『一番嬉しかったこと』って、今まで生きてきた中で、一番嬉しかったこと、だよな」

「なによ、ニキちゃん。自分は『寿司を食べた』のくせに」

「いいんだよ、僕は落ちたんだから。じーさんにワンピース褒めてもらったのが一生で一番嬉しかったこと、って、一体今までどんな生活してたのさ。それでなんで可南子は受かって、僕は落ちてるわけ？」

確かにもっともなので、

「抽選じゃないの？」

と言っておいた。もちろん二木君は納得がいかなそうだった。

駅までの道は、来たときほど遠く感じられなかった。あらかじめ帰りの切符を買っていた私たちは、混雑する券売機に並ぶこともなく電車に乗った。新宿で別れるとき、

「明日も頑張ってな」

と二木君は言った。私鉄に乗り換え、遠ざかっていく新宿のビル群を眺めながら、私は心地よい電車の振動に身を委《ゆだ》ねた。


どんな仕事でも、働くというのは本当に大変なことだ。

翌日もやはり雨で、私はアーケードを叩《たた》く雨音を聞きながら、まだ開いていない店が大半の朝の商店街を通り抜ける。アルバイト先の喫茶店はもう営業していて、香《こう》ばしいコーヒーの匂《にお》いが漂っていた。就職活動だからと、マスターはアルバイトに入る日

をずいぶん融通してくれている。ドア越しに目が合って、私はピョコリとお辞儀をした。マスターも笑顔で手を振ってくれる。出勤前の常連のお客さんの相手をしているのだと見て取れた。

ラッシュの電車に詰め込まれて運ばれながら、私は人の隙間《すきま》に見え隠れする窓の外を眺めた。果たして私は、本当に働けるのだろうか？　毎日電車に乗って、決まった時間に会社に行く。大多数の大学生が「毎日早起きして、規則正しい生活ができるのか」という不安を抱きつつ、会社に入ろうとしているはずだ。まず朝に起きることからして、私は自信がなかった。適当にアルバイトをしてブラブラしているのは気が楽だが、それを選択するだけの度胸も今はない。いよいよどこにも就職が決まらなくて、のっぴきならない状態になるまでは、漫画編集者になって漫画三昧《ざんまい》の毎日を送る野望は捨てずにいようと胸に誓った。そうしたらボーナスももらえるし。私はうっとりと考えた。ボーナス。ビーナスとボケナスを足して二で割ったような、なんと間抜けで魅惑に満ちた語感であろうか。一度でいいから「ボーナス」をもらってみたいものだ。

今日の試験に向けて改めて気を引き締めた私を、電車は新宿のホームに吐き出した。

集A社の筆記試験は、水道橋にある学校を借りて行われるらしい。今度は地図を頭に入れておいたので、不安を感じることもなく道を進んだ。相変わらず雨は続いているが、空は昨日よりも明るくなってきたようだ。目指す建物がわかって、道路を渡ろうと信号待ちをしていると、私のそばを砂子が通り過ぎた。美しい顔立ちの彼女は、人込みの中でもすぐにわかるくらいに目立つのだ。

「スナコ、スナコ」

声をかけると、

「あっ、可南子！」

嬉しそうに走り寄ってきた。

「一体どこに行くつもりだったの？　会場はそこだよ？」

「やあねえ、わかってるわよお。喉《のど》が渇くといけないから、ペットボトルのお茶でも買っていこうと思ったの」

なるほど、彼女が行こうとしていた商店がわかった。その煙草屋プラス酒屋のような店に連れ立って入り、それぞれお茶を買った。

「昼過ぎまでかかるでしょう？　おなか減っちゃうね」

「終わったら何か食べようよ」

砂子は提案にうなずいた。それから思い出したらしい。

「どう、昨日私が言った問題出た？」

私は会場に向かいながら、かいつまんで昨日の二木君との会話を説明した。社員の漢字の読み間違いについて話すと、砂子は、

「ヘエー。私も漢字は読めないから人のこと言えないけど、でもあんな大勢の前で、それはちょっと恥ずかしいわねえ」

とおかしそうに笑った。

自分が通っているのではない大学に足を踏み入れるのは、なんだか楽しい経験だった。私たちは掲示板を見ては、

「あら、経済学Aは休講ですって」

「あっ、文学部三年の中村君が呼び出しかかってる」

などと、どうでもいいことを面白がった。教室は受験票の番号順に割り振られている。砂子と私の番号は割合に近かったので、同じ教室だった。四階まであがるのは、砂子にとっては大変な労働だ。なにしろ歌舞伎《かぶき》座で一幕見の席まで上がる階段でヒーヒー言って、矍鑠《かくしゃく》とした老人たちに次々に追い越されたという情けない記録を保持している。かくいう私も、Y島をレンタカーで一周する間に、百三十二台の車に追い越されたという記録を持つ。交通量の少ない一周三時間ほどのあの島で、この記録はたいしたものだろう。島中の車に追い越されたんじゃないかと、この話を聞いた二木君

に笑われたものだ。一緒に遊びに行ったのはもちろん砂子で、彼女は私のスローペースに怒ることもなく、上機嫌で助手席から外を眺めていたのだが。

ゼエゼエと肩で息をする彼女を助けながら、私は目指す教室を探した。苦しい息の下、砂子はすかさず、廊下に立っていた集A社の若い社員らしき男を、

「あ、あの人格好いい」

とチェックした。呆《あき》れる私に気づかぬ振りをして、彼女はその男の担当らしい教室へと入っていく。

「ちょっと、ちょっと。その部屋なの？」

慌《あわ》てて後を追った私だが、なんと本当にその教室で正解なのだ。受験票の番号と教室の番号を見比べて、私はため息をついた。砂子の女の勘と言おうか本能と言おうか、それぐらい頼りになるものはこの世に他にない。

座る場所は、まったく自由だった。前から順につめろという指示に従って、砂子と私は教室の真ん中あたりの長机に、並んで腰掛けた。ものすごい人数の受験番号を、すべて机に張り付けて準備していたK談社に比べると、だいぶおおらかというか大ざっぱである。

集A社は試験も、K談社に比べるとずっとストレートな出題傾向だった。文学史的な問題が多いかなあという印象だが、普段から家で本や漫画を読むだけの生活をしている者にとってはこのほうがありがたい。英語も時間の割には量が多いが、文法的な問題よりは前後の脈絡から答えを類推しやすい文章題の方が好きな私は、なんとかすべての問いに目を通すことができた。今日の早起きのために昨日早く寝たおかげか、近年まれに見る速度で脳みそが回転しているのがわかった。

「スナコ、私今日冴《さ》えてるわ。やっぱり早寝早起きが良かったのかも」

「またあ。今日だけの早起きが、そんなにてきめんに効果として表れるわけないでしょ」

砂子はものすごくうさん臭そうに言った。そして買っておいた茶をグビグビと飲む。

「私はどちらかというと、早起きがタタって眠くて仕方ないわ」

砂子が大きな伸びをしたところで、あの「格好いい」と目をつけた社員が、

「次は作文です」

と説明を始めた。

「あの男、試験のあいだじゅう、女子社員としゃべってるのよ。気が散るじゃない」

明らかに嫉妬《しっと》している。まあまあ、若いんだしいいじゃない、おしゃべりぐらいし

「あんな変なスカーフしてる女と楽しそうに話しちゃってさ」

　でも、となだめた。

　砂子はやる気をそがれているらしい。集A社のファッション雑誌の中で、砂子と私は『インセンティブ』というのが好きでよく読んでいた。これはコレクション特集なども組み、買えそうで買えない服を紹介する雑誌だ。見て楽しい、ピリリとしたセンスがある。しかしこの試験会場にいる集A社の女性社員たちの服装は、みんながみんな『ナンナ』風だった。『ナンナ』も集A社の雑誌だが、『インセンティブ』とははっきりと編集方針が違う。「7Ｄａｙｓ着回しのきく服」とか、「この春のシャツ99枚」とか、とにかく「安い」のだ。夢を売る雑誌で、なにもそんな現実的な服を紹介してくれなくてもよいと、私たちは思っていた。

「あの人たち、絶対社割で『ナンナ』買って、参考にしてるよね」

　砂子は作文用紙を回しながら、こっそり言う。たしかに、ベビーブルーやクリームイエローといったムーミンのような色調の薄手の半袖《はんそで》ニットに、同色のカーディガンを着て、襟元は小さな石のついたネックレスかスカーフでかざるというのは、いかにも『ナンナ』っぽい服装に見えた。彼女たちと、今日の私たちの格好とは、目指すものが違う。私は格安で手に入れた、たっぷりとドレープの寄った古着の黒のロングスカートに、体にフィットする襟ぐりのあいた黒いシャツで中世の修道女をイメージしたと言い張っているし、砂子は胸元にレースのついた目も覚めるような光沢のある青いスリップドレスに、繊細なデザインの黒のカーディガンで、はすっぱな娼婦《しょうふ》にしては胸が足りないとぼやいているのだ。

どうやらあの男性社員は、砂子を失望させたようだと思いつつ、開始の合図とともに作文の課題を見た。紙には変な写真が印刷されていた。「広場で数頭の象を散歩させている男たち」と「巨大なパラボラアンテナを振り仰ぐ人々」の写真である。一枚を選んで、ふさわしいストーリーを作り、一時間のうちに原稿用紙五枚にまとめるのだ。ふむふむ、なるほど。睡眠を適度に取った私の頭は、一瞬のうちに「広場で数頭の象を散歩させている男たち」の写真から、物語を紡《つむ》ぎあげた。逃げないうちに物語の尻尾《しっぽ》をつかみ、すぐに私は原稿用紙に書き始める。それは、ジャングルの中の石の塔で、緩慢に流れる日常からの脱出を夢見ながら寂しさに耐える、熱帯雨林の王女の物語だった。彼女は今日、象を連れて列をなす求婚者の中から、一人を選ばなければならないのだ。

……

せめて小さくて可愛らしい象を選ぼう、と王女は思った。

きっちり五枚に収まったとき、さすがに自分の冴えが恐ろしくなった。この溢《あふ》れる才能はどうしたものかしら。読み返すと、フェミニズムが深まりつつある今という時代にふさわしい、素晴らしい作品に仕上がっている。しかもオチまでついている。孤独な王女のその後の幸福を祈りつつ、私は満足して鉛筆を置いた。

どうやら慣れぬ規則正しい生活リズムのせいで、頭がナチュラルハイになっていたらしい。それに気づいたのは試験が終わって、砂子と昼ご飯を食べ、一緒に映画を見て、さらに夕食にお好み焼きを食べ終わった時だった。

「今日、集A社の筆記試験だったんだよね？」

「うん、そういえば午前中に試験を受けたんだっけ」

「私たち、なんでその後に、こんな夜まで遊んでるんだろ」

気づいたら、ドッと疲れが出た。もちろん作文だって、ナチュラルハイの状態が一段落した今思い返すと、そんなに大した出来ではなかった。やはり早起きは肉体にも精神にも思わぬ悪影響をおよぼすとの結論に達して、私たちはそれぞれ家路についた。

五、面接

授業がない日で、バイトに行こうと昼頃に靴を履いていると、電話が鳴った。島田さんはちょうど昼に一度家に帰っている時間だ。義母はまた家を空けているらしい。だが今日は弟が、学校をズル休みして家でゴロゴロしていたはずだが。誰も取る気配のない電話が鳴り続けた。何か音があると、ガランとした感の増すこの屋敷を思えば、外出したがる義母の気持ちはよくわかる。そういえば私も、親族会議以来、寝るときぐらいしか家に戻っていない。就職試験でバタバタしていたせいもあるけれど。

セールスの電話だったらどうしてくれようと思いながら、履きかけた靴を脱ぎ、廊下の角にある電話を急いで取った。

「もしもし」

「可南子《かなこ》お嬢さんですか」

セールスの電話より悪い。谷沢だった。

「旅人《たびと》ぼっちゃんはいらっしゃいますか」

「あのねえ。今は月曜日の昼だよ？　旅人なら学校でしょう」

嘘《うそ》をさりげなく言いおおせた私だが、ひるむ様子も見せず谷沢は言った。

「学校から資料を取り寄せたら、どうもぼっちゃんは高二の初めの進路調査で、文学部を希望しているようなのです。やはり一度きちんとお話ししたいと思いまして」

お説教をしに電話をしてきたのだ。

「やりたいことも決まっているみたいだし、本人の希望なんだからいいじゃないの」

弟をかばおうとしたが、もちろん谷沢は納得しない。

「これはぼっちゃん一人の問題ではありません。ぼっちゃんや可南子さんのお父様がやってきたことを、後につなげるかどうかの重大な節目です」

なんだか演説が始まってしまいそうな、不穏な気配を感じる。なぜ私が昼間っから谷沢の相手をしなければならないのか。

「わかった。旅人には伝えとくから。私これからバイトなのよ」

「それは失礼しました。ではまた夜にでも電話いたします。ぼっちゃんが帰って来ていたら、逃がさないでおいて下さいね」

「はいはい」

ようやく電話を切ると、背後に気配もなく弟がいて、私は本当に飛び上がって驚いた。

「ンギャーッ。なんで後ろにいるのよ！」

「いや、便所に入ってたら電話が鳴ってるだろ。誰もいないのかと思って慌《あわ》てて出てきたら、姉ちゃんがどうやら谷沢の相手をしてるみたいだから、様子をうかがおうかと思って」

私を殺す気だろうか。

「谷沢があなたの提出した進路に怒ってたわよ。今夜電話するって」

フーン、と弟は何か考える風だ。

「このままだと谷沢は、自分に都合のいい進路調査票を、無理やり俺の高校に提出しちゃいそうだな」

なるほど、やりかねない勢いだ。谷沢の中では、まだあの不毛な親族会議は終わっていないらしい。

「姉ちゃんがもうちょっと出来がよければな。俺にお鉢が回ってくることなんて絶対になかったのに」

わざとらしく嘆息してみせると、弟は靴を履いて玄関から出て行こうとする。

「ちょっとちょっと、どこ行くの。出掛けるなら戸締まりしてからにしてよ」

「谷沢対策を本気で練らないとな。俺、今夜は戻らないから」

まんまと谷沢から逃げ出した弟に、私は地団駄を踏んだ。弟に先に家を出られてしまっては、この屋敷中の戸締まりをしてからでないと、私は外に出られないのだ。バイトは遅刻である。


漫画を出している大きな出版社というと、そういくつもない。その頭領とも言える二つの会社の筆記試験を受けて、結果を待つ一週間ちょっとの間、私は真面目《まじめ》に大学の図書館に通っていた。就職活動を出版業界に限ってしまったので、結果待ちの間はすることもなく暇だった。

卒業論文の資料探しと銘打って、図書館の暗い書庫に朝からこもり、私は『東映任《にん》俠《きょう》列伝』を眺めた。これは古本屋で八万円で売っているのを見かけた事もある豪華本だ。真っ赤な表紙に金箔《きんぱく》でタイトルが書かれた恥ずかしいくらい大きな本である。任俠映画の人気シリーズが名場面の写真入りですべて紹介され、なぜか巻末には「手打ち式次第」などまで説明されている。任侠スターの勇姿を、映画を思い出しながらじっくり堪能《たんのう》した。そういえば先輩で、卒業の記念にと大学のパソコンルームのプリンターをこっそり持ち出して自分の物にしてしまったつわものがいたが、この『任侠列伝』を私の卒業記念にできないだろうか。鞄《かばん》に入れるのはまず無理な大きさだから、とにかく抱えて盗難防止用の柵《さく》を飛び越えなければいけない。そして追いすがる図書館員を、『任侠列伝』で殴りつつ振り切って逃げる。こんな重い本で殴られたら首の骨ぐらい枯れ木のように折れるだろう。しかし生まれてからこのかた、百メートルを二十三秒以内で走れたためしがないのだ。屈強とも思えぬ図書館員たちだが、脚は私より速いだろう。何人も追って来たら、『任侠列伝』の猛威をくぐり抜けて私を捕まえる者も、一人ぐらいは出てくるはずだ。やはり卒業記念を大学からもらうには、度胸も体力も不足しているとあきらめて、私は棚に本を戻した。読書と悪だくみに熱中したあまり、昼を食べ損なったことに気づき、書庫から地上へと上がった。

人もまばらな午後の図書館を見渡すと、二木《にき》君の姿があった。窓の近くの、人とナメクジが絡《から》み合っているような、妙なオブジェが見下ろす席に一人で座っている。他にもたくさん空いているにもかかわらず、あの席を選択するに至る彼の思考回路とは、一体どんなものなのか。何げなく背後から近寄ってのぞき込んでみると、何やら難しそうな本を広げている。どうも哲学の本のようだが、なぜか図版として、手描きの下手くそなアヒルの絵が載っている。二木君は「プッ」と何がおかしかったのか吹き出すと、そのアヒルを傍らに用意してあった雑記帳に模写しはじめた。そしてその、本のアヒルに負けず劣らず下手なアヒルの側《そば》に、横文字でサラサラとメモを取っていく。

「ニキちゃん」

哲学の本を読んで吹き出す人がいることが信じられず、私は恐る恐る声をかけた。

二木君は首だけを仰向《あおむ》けて、背後に立つ私を確認した。

「可南子か。座りなよ」

勧められ、仕方なくオブジェを背にして、二木君の向かいの席に座った。

「今、その本読んで笑ったの？　アヒルの絵が可愛《かわい》いから？」

「絵？　絵は別に。ここがおかしいんだよ」

二木君はまだ笑いを含んだ声のまま、私にその箇所を示してみせた。本を受け取って、アヒルの絵の下あたりの文章を読もうとしたが、何のことなのかさっぱりわからない。

「これ日本語だよね」

あまり二木君の期待に沿う反応ではなかったらしく、彼は私のために今度は雑記帳を渡してくれた。そこで私は、読書を続ける二木君の邪魔にならないよう、ひとしきり雑記帳にアヒルの絵を描いて遊んだ。

「ニキちゃん、もうお昼食べた？」

「うん」

二木君は再び本の世界に没頭しはじめたようだ。手がペンと雑記帳を探しているようなので、私は彼のもとにそれらを返した。

「あ。ありがとう」

我に返って、二木君は雑記帳をまた手元に引き寄せた。

「じゃあ、また後で。私お昼食べてくる」

言って立ち上がった私に、二木君は、

「僕、大学院に行くかもしれない」

となんの前振りもなく告げた。しかしそれも二木君なら当然の選択だと納得できるものがある。

「そう……」

「続きは、午後の授業のときにでも」

気もそぞろに、スパミートを食べた。

授業に出ようと教室まで行くと、何やらクラスメイトが廊下にあふれ出ている。まだ先生が教室の鍵《かぎ》を開けていないのだろうかと近寄ると、皆はなんだか興奮している様子だ。

「どーしたの?」

と友人に聞くと同時に、教室の中が見えた。なんと、映像資料を見るために設置してあったテレビとビデオが無いのだ。

「昨夜のうちに盗《と》られちゃったんだって。後で警察の人が来て調べるから、中に入っちゃ駄目らしいよ」

「卒業記念か……」

私が盗んだのではないけれど、ちょうどそんなことを考えていたばかりだったので、何やら後ろめたさがあった。しかしここでオドオドして、犯人ではと疑われては大変だ。必要以上に堂々と、廊下の壁にもたれていたら、松嶋《まつしま》先生が走ってきた。

「事務所に聞いたんですが、どうも今日はこの教室は使えそうにありません。ビデオの見られる他の教室はふさがっていますので、後日補講ということで」

三十代半ばぐらいの先生は、いつもどおり丁寧な態度である。帰りはじめる人の流れに逆行して、ようやく二木君がやってきた。

「何、今日は休講?」

「うん。テレビが盗まれて、現場維持のために教室が使えないんだって」

私たちに気づいて、先生がすまなそうに寄って来た。

「申し訳ないです。就職活動中のあなたたちにとっての、貴重な授業時間なのに」

「先生のせいじゃないですよ。それに私たちはあまり活動していないから」

テレビのあった場所が寂しく空いている教室を覗《のぞ》いていた二木君も、同意を示した。

先生は少し安心したようだったが、すぐに、あまり活動していないのも問題だと気づいたらしい。

「お二人はどういったところを回っているんですか?」

「出版社です。この間筆記試験を受けて、今その結果待ちです」

「本が好きなあなたたちには向いているでしょうが、あいにく僕と関係があるのは小さな出版社ばかりで、しかも担当してくれるのはまだ下っ端《ぱ》の人たちですからねえ」

またも先生がすまなそうにするので、私の方が恐縮してしまう。すると二木君が、

「僕はもしかしたら、院に進むかもしれません」

と真剣な眼差《まなざ》しで言った。まだ先生にも話していなかったらしい。先生はびっくりしているようだった。

「それは、君ぐらい優秀な人がきてくれれば、僕も嬉《うれ》しいけれど」

柄にもなく二木君が緊張して、先生の言葉に神経を傾けているのが感じられた。そっと、二木君をうかがう。だがいつもどおり、表情からは何も読み取れなかった。

「僕みたいに、大学の中の世界しか知らない人間になってしまうのも、よくないかもしれません。まだ院試までは間があるし、希望の会社に入れるかもしれませんし、じっくり考えてみてはどうですか」

「そうですね」

答えた二木君からいったん視線を落とし、それからまた先生は私たちを見た。

「ではまた。今日の授業の補講については、おって掲示板でお知らせしますから」

軽く会釈《えしやく》して、先生は去って行った。

「雨ざらし」で私たちが無料の出がらしのお茶を飲んでいると、ようやく砂子《すなこ》が登場した。

「なーにー、教室行ったらおまわりさんがいっぱいいたわよ？　事件、事件？」

大学院進学について聞きたくて、糸口を探してウズウズしていた私だが、その努力を砂子はいとも簡単に断ち切ってみせる。二木君が説明するわけはないので、事の顚《てん》末《まつ》を私が砂子に話してきかせた。

「へえー、泥棒がねえ」

誰かしら不届き者はと言いながら、砂子の目はすでに、「チョコレートパフェ始めました」の表示に釘付《くぎづ》けになっている。

「あれ食べたら太るかしら、太るかしら」

砂子ならあと五キロ太ったところで、なんら影響はないだろう。

「ああ、食べなさいよ」

「へーきへーき」

二木君もこういうときだけは、すぐに砂子の望みどおりの返事をしてあげるのだ。

彼女は私たちの後押しを得て、喜んで学食の中に入って行った。

「ニキちゃん。大学院のこと、もう決めちゃったわけじゃないんでしょ」

二人になったので、少し不安に思っていたことを、単刀直入に聞いた。

「こんなにのんびり就職活動してるの私たちぐらいのような気がするし、これでニキちゃんがやめちゃったら、ちょっと心細いよ」

「そうだねえ。せっかくK談社の試験も受けたし、まだ他にも書類を出しているところもあるし、もう少し続けるかな。でも、院に行きたいとは思ってはいたんだ。奨学金とか調べて、親も少しは出してくれるって言うし、それなら働いて金ためてからじゃなくても平気かなあと」

プラスチックの容器に入ったパフェを手に、砂子が喜色満面で戻って来た。

「え、なあに。ニキちゃん、院に行くの」

「うん、そうするかもしれない」

砂子の席の前にあったビラをどけてあげながら、二木君は答え、そして私の方を見た。

「どう思った？　さっきの松嶋先生の態度」

「どうって？」

砂子が、そのまま溶けだして自分がアイスになってしまうのではと危惧《きぐ》されるほど嬉しそうにスプーンを口に運ぶのを眺めながら、私は聞き返す。

「僕が院に行くの、いやそうだったと思わない？」

「まさか」

びっくりして、二木君に向き直った。

「むしろ喜んでたと思うよ。『君みたいに優秀な』って言ってたじゃない」

「そうかな……それならいいんだけど」

いつもは自信家で皮肉屋の二木君が、こんなに弱気かつ謙虚なことは、そうはない。砂子も不思議そうに二木君を見た。

「ニキちゃん、松嶋先生の授業だけはきっちり出てるし、成績だっていいんだし、印象悪いわけないよ。大丈夫だって」

「うん、そうだな」

明るく請け合う砂子に、二木君はうつむいて、鞄から本を取り出した。その姿を見ながら、私は「もしや」と思うところもあったが、何も口に出しはしなかった。

「先生って独身らしいよ。結構かっこいいし、若いのにもう助教授なのにね」

パフェを食べながら話を続ける砂子の、情報収集力に感心した。


その日、家に帰ると、Ｋ談社と集Ａ社から速達が届いていた。とたんに脈拍が速くなり、息苦しさを覚えながら封を開ける。運の良いことにどちらの筆記試験も受かっていた。週明けの月曜日、同じ日に一次面接が行われるようだ。指定された時間を確かめて、これは忙しい一日になりそうだと思った。とりあえず、これで漫画三昧《ざんまい》の毎日に一歩近づいたことになる。浮かれた気分で速達を手に廊下を歩いていると、義母とすれちがった。義母は聞いてよいものかどうか、という表情で私の手元を見る。

「試験は受かりました。次は面接です」

「あら」

とても意外だという声を出してから、義母はとりなすように咳払《せきばら》いし、

「良かったじゃありませんか。面接は何回あるんです」

と言った。

「三回か四回だと思いますが」

「そんなに……」

これは駄目だと思ったのだろうが、

「可南子さん、最近布団《ふとん》だけで寝てるようだけど、まだ毛布も出しておきなさい。これから面接なのに、おなかでも冷やしたら困りますよ」

と、一応励ましてくれた。礼を言って、私は弟の部屋を目指す。屋敷の中でも奥まった所に位置する弟の部屋の襖《ふすま》は、ピッタリと閉ざされていた。しかし耳を押し当てると、何やら電子音が聞こえてくる。これを弟は音楽であると主張するが、私はどうも落ち着かない。まあ珍しく夕飯前に家にいるらしいと、ボスボスと襖を叩《たた》いた。

「はい」

「旅人、試験に受かったよ」

言いながら勢いよく襖をあけると、弟はパソコンに向かって何やら作業している。

「へえ、良かったじゃない。可南子は昔っから、試験の本番にだけは強いからな」

「実力っスよ」

「悪運というか悪あがきというか、そういうもんだろ」

弟は私をてんで相手にせずに、パソコンの電源を落とした。

「さて、飯を食いましょう」


移動がある日だというのに、朝から肌寒く、雨が降っていた。スーツを着て、動きにくい踵《かかと》のある靴を履いて、私はため息をつく。信じがたいことに、吐いた息が白かった。地下鉄の階段を上り切ってすぐのところにあるK談社は、パルテノン神殿のようなデザインの古い建物だった。重そうな木の両開きの入り口まで、数段の大理石の階段がついている。K談社のおじさんが、わざわざそこに立ち、

「階段が雨ですべりますから注意して」

と、次々にやってくる学生たちに声をかけていた。たしかにその大理石の階段は、

恐ろしいほどに滑った。こんな材質のもので玄関へ至る階段を作るとは、どういう考えだったのだろうか。普段から地面ばかり見ながら歩く私は、水に打たれてヌラヌラとしている石の意味について思いをめぐらせた。一、経営者側の搾取《さくしゅ》に怒った社員が奮起した時に備え、なだれ込もうとする彼らを阻止するべく、滑りやすい材質を使った。二、特ダネを手に入れたと走り込もうとする若手社員に、ここで転んでもらい、本当にそれが特ダネなのかどうか、もう一度冷静に判断する時間を与えるために、滑る階段を用意してみた。三、もうかっているから、国会議事堂と同じく大理石造りにした。さまざまな角度から検討した結果、一、二だと晴れた日には役目を果たさないので、たぶん三であろうということになった。私は満足して、玄関で傘袋をもらい、ついに生まれて初めて出版社というものの中に入った。

おお、ここで私がこれまで読んできた漫画や雑誌や小説が生まれたのか。建物が古いせいか、なんだか薄暗かった。なかなか目が慣れずに、辺りを見回す。まだ時間もあることだし、さっそく中を探検しようではないかと企《たくら》んでいると、あっさりと、

「エレベーターはこちらです」

と若い社員に誘導されてしまった。よく見ると、

「会場となる場所以外は、立ち入らないで下さい」

という立て札が立っていた。

エレベーターの中の階数表示には、『ＭｅＭｅ』編集部、とか『週刊モヒカン』とか、おなじみの漫画雑誌名が書いてある。一緒にエレベーターに乗り合わせた女子学生が、たまたま会った友達らしい子と、

「あっ、この雑誌、小さいころずっと読んでたよ」

「私も。なんか嬉しいね」

と囁《ささや》きを交わしていた。私も同じ気持ちだった。Ｋ談社の人が、途中の階で降りたり乗ってきたりするたびに、人々が忙しく立ち働いているのが垣間見《かいまみ》られた。ふと先ほどの女子学生を見ると、彼女たちはそれを羨望《せんぼう》と憧《あこが》れの入り交じった眼差しで見ていた。私もそういう目をしているのだろうかと思って、おかしくなった。どんなに低い確率だとしても、受かってほしい、受かるんじゃないか、とはかない期待をしてしまう。無理に決まっていると冷静に判断する、ひんやり冷えたゼラチンのような部分の脳が、豆腐のようにおめでたい部分の脳を、笑ったのだ。

ずいぶん高い階にある、広いスペースに学生たちは集められた。小学校の体育館のような場所だ。床は板張りで、正面は一段高くなって舞台のようになっており、その上の壁には社章がはめ込まれていた。体育館だと、周囲に窓があるだろうが、この講

堂には窓というものがなく、代わりに肖像画がぐるりと取り囲んで、私たちを見下ろしている。並べられたパイプ椅子《いす》に腰掛けて、面接が始まるのを待つ間、私は首を捩《ねじ》ってじっくりとすべての肖像画を眺めたが、なんとも変な気分だった。どうやら代々の社長の肖像らしいのだが、その油絵は誰が描いたのやら、どれもお世辞にも上手とは言えず、色調も淀《よど》んで濁った暗いもので、ただただ不気味なのであった。小学校の音楽室にあった作曲家たちの肖像や、図書館に飾られていたモナリザの複製のように、怪談のネタとしてしか利用価値がないようなセンスと出来具合である。「(国会議事堂+小学校)÷2」を内装の基準にしているのだろうか。

それにしても、この講堂には二百人ぐらいが集められている。これが一日に四、五回は繰り返され、しかも一次面接の日にちは二日間用意されている。せっかく筆記に受かっても、うんざりするような人数が残っているのだ。

時間が来て、ほぼすべてのパイプ椅子が学生で埋まった。人事担当らしい中年の社員が進み出て、簡単に挨拶《あいさつ》をする。

「あの筆記試験に受かった皆さんは、相当の雑学王と自負していいですよ」

ゲッ。嬉しくない。学生たちの間から失笑が漏れた。あの試験は本当にクイズ王みたいな人を求めたものだったのか。何を考えているんだろう。大理石の階段、下手な肖像画を飾る、に次いで、三つ目だ。この建物に着いてから感覚を疑う出来事が、すでに三つも起きている。もしやあまり私と性格が合わないんじゃ、という思いがよぎったが、そんなはずはないと、その疑惑には見て見ぬふりをした。

講堂の壁にそって、簡単なついたてで仕切られた八つほどのスペースが並んでいる。人事のおじさんが面接の段取りを説明する間に、面接官らしき編集者たちが、次々と割り当てられたブースに入っていく。その中に、テレビなどでもよく見かける有名な編集者もいて、ヒソヒソと耳打ちをしたりする学生もいた。まだ一次面接だから若めの社員たちのようだったが、女の人が圧倒的に少ないことに、私は気づいていた。三十人弱が私たちの目の前を通ってそれぞれのブースに入ったが、中で女の人は一人か二人だった。出版社は入ってしまえば、女性でもずっと働くことができる。さっさと社員と結婚して海外赴任についていけ、という風潮の商社などとは違う。その点、結婚しなくてもいづらいということはないだろうし、仕事はきついだろうが待遇格差もないだろう。一生仕事についていたい、結婚しても経済的に自立していたい、と願う女の子たちにとっては、憧れの職場である。だから、志望する学生の男女比は、見る限りは半々といったところだ。だが、採用する人数が男女でかなり違う。そして今、社員に女性が少ないのを目の当《ま》《あ》たりにして、やはり本当に対等に働くというのは、どんな職場においても難しいのかもしれないなあと実感した。

次々に学生たちが呼ばれ、それぞれのブースに一人ずつ入っていく。終わったらそのまま帰ってよいらしい。一人だいたい十五分といったところだろうか。これは順番が最後の方だったら暇で仕方がないなと思ったが、割と早くに名前を呼ばれた。やれやれ良かったと、指示されたブースの前まで行くと、ついたての向こうで面接官同士が何やら楽しげに話しているのが聞こえた。声をかけていいものか迷っていると、人事のおじさんが、行け行けと合図する。仕方なく、間抜けだと思いながらもついたてをノックして、「失礼します」と顔を覗《のぞ》かせた。

「ああ、もう次が来ちゃったよ」

とニヤニヤしながら一人が言う。感じやすい私はそれだけでかなり衝撃を受け、申し訳ないことをした、私は昔からタイミングが悪いのだ、と心の中で言い訳をしながら、勧められた椅子に座った。ただでさえ薄暗いのについたてで仕切ったことにより、さらに占いの小部屋のような様相を呈している。狭いスペースには、三人の男が並んでひしめき合って座っていた。しかもそのうちの一人がとても太っているので、どうにも窮屈そうだ。彼らの前には長机があり、私の提出したエントリーシートや試験の結果の資料らしきものなどが載っていた。太っている男は真面目《まじめ》な面持ちで、真ん中の、先ほど心ない発言で私の小さな胸を痛め付けた男は相変わらずニヤニヤと、それぞれ私と手元の資料を見比べる。向かって右手の最後の男は、てんで興味がないらしく、資料も私もチラとも見ずに、煙草《たばこ》の煙を宙に吐き出していた。この男は私だからこういう態度なのか、それとも誰に対してもこうなのか、大変気になったが、そうやって他人の反応をうかがってしまうところのある小心者な自分に気づき、私はそういう意気地と自信のない己を恥じた。

沈黙はかなり長く続いた。仕方なく、私は右の男が吐き出す煙を、ぼんやり眺めていた。太った男が真ん中の男をうかがい、ニヤついているその男が、ようやく口を開いた。

「君、趣味は漫画を読むこととマニキュア塗りって書いてあるけど、マニキュアは毎日塗るの」

これは全然採る気がないなと感じたが、こちらは職をもらえるようにお願いする立場だから、ちゃんと誠意を持って答えようと決意した。

「いえ、爪《つめ》が傷みますし、結構剝《は》げずに長持ちしますから、一週間に一、二回といったところです」

「漫画は何読むの。鈴田美由紀とか読む？」

彼が言った漫画家はK談社の女の子向け漫画では、看板とも言える人物だった。しかし、最近彼女の人気はあきらかにパワーダウンしている。八〇年代のバブリーなノリが好きではない私は、あまり興味がない。

「残念ながら鈴田美由紀さんはあまり好きではありません。御社の少女漫画家では、栗田口みもりさんが好きです」

昔の少女漫画を上手にパロディーしながら、元気の良い学園ラブコメディーを描く、売り出し中の若手の名前を挙げた。そしてその瞬間に、面接官の問いに対して否定的な事を言ってはならない、と立ち読みした面接マニュアル本に書いてあったことを思い出した。しかしもう遅い。それに、否定せずに鈴田美由紀が好きなことにしてしまうには、私の漫画好きとしてのプライドはあまりに高かった。ニヤけた男は、それに対しては何もコメントしなかったので、話は終わってしまった。この男は漫画にそれほど詳しくないのかもしれない。太った男が、とりなすように聞いてきた。

「他社の人でもいいです。一番好きな漫画家は誰ですか？」

こうなると、面接官だけでなく、こっちだって相手を試す気分になってくる。

「黒川社の藤木貴巳です」

大ヒットを飛ばしたわけでもなく、看板になる長篇を描くわけでもない、しかし実力のある漫画家名を挙げた。ニヤけた男が「知らないなあ」と言うのと、太った男が「ああ」と頷《うなず》くのが、ほぼ同時だった。太った男はちょっと気まずげに、隣に座る男を見やったが、私に視線を戻して、

「彼女の作品のどういうところが好きですか」

と尋ねた。

「明るい学園物から暗い時代物まで、幅広く描ける、人間の心理をうまく表現できるところです。漫画が長篇化してきていますが、読者に単行本だけではなく雑誌も買ってもらうには、彼女のように短篇や中篇が上手な漫画家をどんどん育てて、発表する場を与えることが重要だと思います」

「それはどうして」

「看板になる長篇作品は、立ち読みですませて単行本が出るまで待つ場合が多いです。でも立ち読みの際に目に止まる短篇があれば、短篇は単行本になるまでページ数の関係で時間がかかりますし、まあ目当ての長篇も載っていることだから、雑誌を買って読んでみようかという気にさせるはずです」

なるほどね、と太った男は頷き、手元の紙に何やら書き込んだ。これで私が採用されずに、アイディアだけ使われるのは腹が立つなあと思っていると、またニヤけた男

が質問した。

「君さあ、運動とかする？　出版社は体力だからね」

「運動はあまりしません」

私は極度の運動音痴である。しかし、また否定的な事を言ってしまったとやや焦《あせ》り、フォローを考えた。

「でも、日常の生活はちゃんと送れるぐらいに健康ですし、風邪も滅多にひきません」

ニヤけた男は鼻で笑い、

「女の子相手にうかつなこと言うと、今はセクハラだなんだとうるさいから、やりにくいねえ」

と突然、煙草を消して退屈そうにほお杖《づえ》をついていた第三の男に話しかけた。煙草男はその時になって初めて私をちょっと見て、フフンと肩をすくめた。さすがに、ここに来て頭の血管に血が大量に流れ込んだ。この人たちは一体どういうつもりなんだろう。そういうことを言う時点でセクハラというか、十分性差別的な自分をさらけ出してしまっていると思うのだが、それを恥ずかしいとも感じないのだろうか。こういうことに目くじらを立てると、「扱いづらい女」と思われて敬遠されるのかもしれないが、こんなにあからさまに失礼な態度を取られたことは初めてだったので、怒りよりも戸惑いが勝った。

大学の友人にしても、西園寺《さいおんじ》さんやマスターをはじめとする年上の人も、そして私の父親や弟も、私が「女だから」という理由で、何かを命じたり禁じたりすることは一切なかった。私も、私の周囲にいた女の子たちも、今まで窮屈を感じることなく、勉強だって遊びだって性差など特に意識する事なくやってきた。だからニヤけ男は、本当に出会うのが初めてのタイプだ。反応を試すにしても品性が低すぎると思い、私は無表情のまま、聞こえなかったふりで黙っていた。

太った男が、モゾモゾと尻《しり》を浮かせてハンカチを取り出し、額の汗を拭《ぬぐ》った。なんだか彼は気疲れしているようだ。ちょっと可哀想《かわいそう》になったし、こんなスカした男たちを怒鳴っても馬鹿らしいと思い、次の質問を待った。

「本は、どんなのを読んでいますか」

あくまで出版社らしい質問をしようと、太った男は心を砕いている。しょうがねえなあこいつは、といった目でニヤけた男は彼を見て、今度はこの男が煙草を吸い出した。この野郎、いいかげんにしやがれと、私も自分の鞄《かばん》に入っている煙草を点《つ》けて、奴《やつ》の額でグリグリと消してやりたい誘惑にかられたが、汗を流しながら必死に面接の体裁を取り繕おうと努力している人間がいる。彼がいるかぎりは、私もその努力に誠意で報いることを放棄するわけにはいかない。

「はい、日本の小説が多いです。最近では中田薔薇彦《ばらひこ》を読んでます」

「売れないなあ」

探偵小説界にその名を残し、孤独の中で真摯《しんし》に自分の美的世界を表出しようとあがき続けた偉大な小説家を、横合いから口を挟んだニヤけた野郎は一言で片付けた。絵に描いたような俗物ぶりに、この人は面接においてそういうキャラクターを演じる役目を割り振られたのかなあと、真剣に考えてしまう。売れる売れないだけで物事を論じて、よくも出版社で働いていられるものだ。

「御社から一冊だけ文庫が出ているはずですけれど」

「ははは一。未《いま》だに残ってんだ。すぐ絶版だろ。読んだことないけど」

そうだろうとも。今まで経験したことがないほどの軽蔑《けいべつ》を覚えた。太った男は、相変わらず汗を流し続けている。彼の前に置かれていたコーヒーが入っていたらしき小さな紙コップは、もうとうの昔に空である。早く終わってくれないかなと、そればかりを念じたのに、ニヤけ男はまだ質問をする。もういいよ。あんたが私を嫌いなのはわかってるから、これ以上お互いに不快な思いをするのはやめようよ。願いもむなしく、彼の口から出たのは、またも下らない質問だった。

「ダイアナ妃についてどう思う？」

「ハ？」

彼女が亡《な》くなったのはずいぶん前のことのように思うのだが、質問の意味が咄嗟《とっさ》にわからず、私は聞き返した。

「いや、だからさ。慰問とかして善意の人だと思う？　それとも浮気とかしてとんでもない女だと思う？」

なんなんだ。この面接は一体何の意味があるんだ。

「慰問をするのは、王族としての義務や演技ももちろんあったと思いますけど、演技だって続けるのは困難ですし、続けているうちに本当になることだってありますから、外野が単純に善意だ偽善だと判断することはできないと思います」

真っ向からニヤけ男を見据えて、しっかりとした口調で答えると、奴はややたじろいだ。

「でもさ、夫も子供もいたのに浮気してたわけでしょ、結局は。そういうのはどう思う？」

酷《ひど》い女だと思うと答えれば、案外古いねえ、真面目なんだ、とか言うだろうし、自分に正直で良いと思うと答えれば、そっかあ、男に負けないわ、女だって仕事も浮気もするの、ってかんじのウーマンリブかな、などと茶化すのだろう。私はワイドショーのコメンテーターになりたくてここにいるんじゃない。

「そんなのは個人の自由だと思いますけど」

ニヤけ男はハハハハとわざとらしく笑って、

「そう言われたら、なんでも話は終わっちゃうよなあ」

と煙草男に同意を求めた。ついに最後まで口を開かなかった、スカした嫌な野郎は、やはり人を小馬鹿《こばか》にしたような薄ら笑いを浮かべてみせるのみだ。いまほど、格闘技をやっていればよかったと思ったことはない。私は編集という職についている人に対する幻想や憧《あこが》れが崩れたことを感じた。この誠意のかけらも知性の残り香もうかがえない、ポーズだけの人間は何だろう。そんなに面接が面倒なら、僕は会社のための新入社員獲得には興味ありませんと、はっきり辞退でもしたらどうだ。ただの給料泥棒ではないか。相手が下手に出るしかない立場なのをわかって、こういう人も無げな振る舞いをする輩《やから》が、本当に存在するとは。

「はい、もういいよ」

手で追い払うように退出を命じられて、私は椅子《いす》から立ち上がり、きちんと頭を下げながら礼を言った。ニヤけ男と煙草男は、すでにまた大きな声で、会話を始めていた。太った男だけが、軽く会釈《えしやく》して私を見送った。

ものすごく腹が立ち、まだ順番を待っている人々が半分ほど残っている間を抜けて、エレベーターに向かった。立ち並ぶブースの中からは、真剣な話し声や笑い声がする。神妙な顔で自分の番を待つ人たちを見て、こんなに大勢が真剣に、この会社に入って良い本を出したいと思っているという事実を、あの人たちはちゃんと受け止めているんだろうかと悲しくなった。学生たちにトイレの場所を教えたり、面接官に飲み物を運んだりと、会場全体に気を配っていた人事のおじさんが、ニコニコと声をかけてきた。

「どうでしたか。うまくいきましたか」

エレベーターを待っているのは、ちょうど私一人だった。

「いいえ。もう二度とここには来られないと思いますし、来ないと思います」

開いたエレベーターの中に滑り込み、私は真面目《まじめ》に働いているおじさんに頭を下げた。閉まる扉の間から、言葉もなく立ちすくんでいるおじさんが見えた。あの人に言うべきことでもなかったと、後悔と改めて沸き上がる怒りに、私はエレベーターの中でずっと唇を噛《か》んで、階数表示を見つめていた。

むしゃくしゃした気分のまま地下鉄を乗り継いで、雨の中を次の面接先、集A社へと向かった。考えていたよりも時間が押していて、昼を食べる暇もない。集A社のビルにたどり着いたときは、空腹のあまり目眩《めまい》がした。またもや上の方の階まで連れて行かれる。小さな会議室のような部屋が並んでいる階らしい。順番が来るまで、待ち合い室になっている大部屋で座っていた。たくさんのスーツ姿の学生たちが、居心地悪そうに待っている。たまに隣り合った者同士がポツポツと話す声が、なおさら静寂を際立《きわだ》たせた。廊下には案内をしたり進行具合を見る女性社員たちがいて、その足音がときどき聞こえる。彼女たちがドアを開けて番がきた者の名前を呼ぶのだが、その音が大きく響いてみんな一斉にビクッとするほどだった。

K談社に比べれば格段に新しい建物は、大きな窓があり、部屋は光に満ちている。ほとんど女性社員を見かけなかったK談社に比べれば、集A社は華やかだ。しかし彼女たちももしかしたら、編集をやりたかったのに事務にまわされたのかもしれないし、一般職で採用されたのかもしれない。油断はならないと、すっかり猜疑心《さいぎしん》を抱くようになってしまった。

ギュルルルと腹の虫が鳴いて、静かなこの部屋では知らん顔を決め込むこともできず、赤面して隣の女の子に「失礼しました」と謝ると、彼女は「いいえ」と笑って、話しかけてきた。

「もしかしてK談社とかけもちですか」

「そうです」

「私もです。おなか減りましたね」

ニッコリ笑って私の気持ちを軽くしようと言ってくれる彼女に、私は「ありがとう」と礼を言った。よっぽどK談社の面接は酷くなかったかと尋ねてみようかと思ったが、ちょうど私の名が呼ばれた。

「頑張って」

「あなたも」

彼女に挨拶《あいさつ》をして、私は大部屋を出ると、女性社員の後について会議室の中の一つの前に立った。目で促され、

「失礼します」

と声をかけて入室すると、大きな窓を背にして、横一列に五人の面接官が座っていた。彼らは立ち上がって、私が名乗り、「よろしくお願いします」と立ち読みしたマニュアルどおり挨拶するのを受け、

「まあおかけください」

と部屋の真ん中に一つ置かれた椅子を、手で示した。そして私が座るのを確認して、また腰をおろす。何百人もいる学生たちに対して、それぞれの部屋でこれをしているのかと思い、ずいぶん会社によって毛色が違うものだなと感心した。最初は、志望動機や入社したらやりたいことなど、パターンどおりの質問が続いた。面接官の中には一人女性がいて、シックな黒いスーツを着こなしていた。この人は筆記試験会場にいた『ナンナ』たちとは違う。もしかして『インセンティブ』の編集部にいる人ではないかと、私は思わず慎みを忘れて、彼女を羨望《せんぼう》の目で見てしまった。

「そう、少女漫画が好きなの。うちの社の少女漫画雑誌の中では、どれが好き?」

チョビチョビとした残り少ない柔らかそうな髪を、背後からの光の中に浮かび上がらせながら、端っこに座っていたおじさんが尋ねた。

「『花束』です」

おじさんは身を乗り出し、並んでいた他の人たちは「良かったじゃないですか」などと言って笑い合った。なんだろうと思っていると、

「いやあ、僕は『花束』の編集長なんだよ」

とおじさんは嬉《うれ》しそうに言う。いかにもその辺にいそうな、普通に人の良さそうな

おじさんが、少女漫画の編集者であるということに、私はちょっとびっくりしたが、それ以上に興奮した。小さいころから愛読してきた雑誌の、編集長という雲の上の人のような存在と、今私は言葉を交わしているのだ。

「ええっ、そうなんですか！」

「そうなんだよ。いやあ、『花束』はうちの少女漫画の中じゃあ地味な方だろう。なかなか好きって挙げてくれる子がいなくてねえ。嬉しいよ」

編集長と話している間も、他の人たちはやりとりをちゃんと聞いているし、私の書いたものを真剣に読んだりしてくれてもいる。含むところもないらしい。ああ良かった、まともな面接だと安心して、私はリラックスして答えることができた。

「『花束』のどういうところが好き？」

すっかり喜んでいる編集長と、そのファンとでは面接の機能を果たさないと判断したのか、真ん中にいたこれまた中年の男が、穏やかに聞いてきた。

「高校生の恋愛を描いていても、どこかいぶし銀の渋みがあって、テンションの高さを求めるだけではなく、文学作品のようにじっくりと静かに読ませようとする物語が多いところです。小さいころは、よくわからないなあと思いつつも、子供心にその叙情性を感じて大人になった気分だったし、思春期に改めて読み直してこういうことだったのかと感動したり、今はまたもう少し距離を置いて鑑賞できたり、いつまででも読み返せる作品が多いから好きです」

編集長は、うんうんと頷《うなず》いた。そして、

「最近の『花束』をどう思うね？」と聞く。「正直に答えていいよ」

そう言われて少しためらったが、せっかく直訴できるチャンスなんだしと、言われたとおり正直に感想を述べた。

「判型が変わって大きくなってから、無理して内容を明るくポップにしているようで、ちょっと物足りない気もしていました。前みたいに、文学臭の強いものももうちょっと載せてほしいです。せっかく『多感な少女』をテーマにした、ある意味王道の『少女漫画』を載せていらしたのですから」

「そうだねえ。最近売れないから、いろいろ試行錯誤してるんだけど、僕も昔の『花束』の色合いが好きでね。戻したいとは思うんだけど、これが売りたいものと売れるものが違う、難しいところなんだよ」

編集長は苦笑しながら教えてくれた。

「そうなのよねえ」と『インセンティブ』スタイルの女性も笑って同意する。

「どうしたら漫画雑誌が売れると思う？　みんな立ち読みですませて、コミックスが出るまで待っちゃうでしょ」

編集長とは反対の端に座っていた若めの男が、今度は質問してきた。私はK談社で答えたのと同じように、短篇・中篇を描ける作家を育てていくべきだと思うと説明した。ふんふん、と若い男はメモを取る。またこの案だけ採用されたら、私は丸損だと思ったが、その男はさらに「他にもなにか考えがある?」と欲張る。少し考えて、

「コミックスの後ろの、余ったページを有効に宣伝に使ったらどうでしょう」

と言った。

「そのコミックスの作者と似た系統の絵とかジャンルとかストーリーの作家の、作品紹介を載せるんです。特に違う雑誌の。そうすれば、その雑誌までは読んでいなかった子も、『あ、これもおもしろそう』と興味をもって、そっちの雑誌も読んでくれるかもしれないし、もしかしたら試しに雑誌やコミックスを買ってくれるかもしれない。とにかく好みっていうのはあるから、系統立てて効率よく宣伝して、認知してもらうのはどうでしょう」

フンフンなるほど、とその男はさかんにメモを取る。もし本当にこの案が採用されて、コミックスの後ろの宣伝ページが充実したら、絶対考案料をもらおうと決意した。

今まで黙っていたおじさんが、ここにきて初めて口を開いた。

「今日、K談社の一次面接もあったそうですね。受けましたか」

「はい」

どれぐらい重なった人がいるのか、来年の参考にでもするのだろう。おじさんは手元の表のようなものにチェックをつけた。真ん中のおじさんがそれをのぞきこんで、

「やっぱり結構いますね。これは学生さんも大変だから、ちょっと考えないとね」

とチェックおじさんと話し合う。そして冗談めかして言った。

「今度K談社は新しいビルを建てるそうですよ。『モヒカン』で儲《もう》けましたからね。おかげでうちの『ガンプ』は押され気味です。K談社の方が良いのじゃありませんか」

面接官たちは、そうだよねー、僕もK談社の方がいいよ、などと笑い合う。私も笑って、

「いえ、私は古い建築物が好きですから、今のK談社の建物は素敵だと思いますが、新しいビルには特に魅力を感じません」

と答えた。それにあの感じでは受からないだろう。変な肖像画も嫌だし。

「良かったねえ、渋い趣味だよ藤崎さんは」

『花束』の編集長はそう言って笑い、

「他にどうですか。なんかまだ質問しときたいことありますか」

首をのばして、横に並ぶ同僚に確認を取った。

「一昨日でしたか、谷沢さんから電話がありました。あなたの受験はお父様もご存じなんですね」

真ん中に座ったおじさんが言った。一瞬何を言われたかわからず、私はただボーッと椅子に座ったままだった。おじさんが駄目押しのようにたたみかける。

「よろしくとのことでした」

ようやく言葉の意味が脳に達し、込み上げる怒りに息が苦しい。

「……谷沢のやつ、頼んでもいないのに、よけいなことを―！」

地の底からの怨嗟《えんさ》の呻きのごとく、私の歯の間から絞り出された声に、おじさんは少したじろいだようだった。我に返って、

「困ります。私、頼んでいませんから」

キッパリと言ったつもりだったが、それだけはしてほしくないと思っていたことなので、激情のあまり、泣きそうな声になってしまった。

「もちろん御社に入れてもらえればと願っていますが、コネなんていやなんです。自

分の力で、入りたいんです。ですから、谷沢さんがなにを言ったか知りませんが、その電話はなかったことにしてください。お願いします。力がないということでしたら、あきらめます」

おじさんは穏やかに頷いた。

「そうですか。わかりました。そういうことでしたら、あなたのお話はちゃんと上にも伝えておきますから、安心してください。じゃあ、今日は以上で。おつかれさまでした」

礼を言ってドアを閉めるとき、彼らはまだ立って私を見送っていた。

集A社のビルを出ると、半ば無意識に公衆電話にカードを押し込んだ。

コール音がないぐらいすぐに、相手は電話を取った。

「はい、谷沢です」

「谷沢さん……」

喉《のど》が干からびたようになっていることに、声を出そうとして初めて気づいた。急いで咳払《せきばら》いをして、

「可南子ですけど」

と言い直した。

「どうかなさいましたか、お嬢さん」

「頼んでもいないのに、なんてことしてくれたのよー！」

「と申しますと？」

あまりにも静かすぎる声の調子で、彼がしらばっくれていることがわかった。

「まさか、まさか、父に頼まれてやったんじゃないでしょうね」

不覚にも声が震えて歪《ゆが》み、私は大きく息を吸って、吐いた。谷沢はしばらく沈黙していたが、やがて、

「私の一存です」

と言った。

「お嬢さんのためによかれと思って、あくまで私の一存でしたことです。お父様は知りません。私の友人が取締役にいるものですからね」

「最初からなの？　書類や試験の時から？」

返事しだいでは、私の小さなプライドまでズタズタだ。

「いいえ。電話したのは一昨日だけですから」

少し安堵《あんど》しつつ、もう一つ気になることを確認した。

「電話したのはどこ？　集A社の他にもあるの？」

「集A社だけです」

「本当に？　誓って？」

「本当ですよ」

「言っとくけど、もしこのことで集A社に決まっても、私はいかないからね。コネで入社するなんて、一生の後悔よ！　それに、私の就職が決まっても、旅人の気が変わるなんてことはないんだから」

腹の底からこみあげてきた怒りのままに、受話器を置こうとした。

「お嬢さん」

と、離れていく受話器から呼ぶ声が届く。

「なによ！」

もう一度受話器を耳に当てて、私は怒鳴った。

「どうやら出過ぎたまねをしたようです。私も充分反省しておりますから、このことは健二さんには黙っていてくれませんか」

ゴニョゴニョ言っている相手の声を無視し、私は乱暴に電話を切った。

少し気分が落ち着くと、胃壁が溶け出しているような痛みを伴って、腹が減っていることが思い出された。金が無いので、安くて腹が膨れるものをと思い、交差点にあるファーストフード店をめざして神田の古本屋街を歩いた。相変わらず冷たい雨が降っていて、人通りも少ない。エネルギー不足でふらついていたが、割と大きな古本屋で足を止め、ふらふらと文学作品の絶版本が並べてある棚まで行く。美しい装丁の、中田薔薇彦の単行本たちが目当てだ。とても古本で集める余裕はないけれど、定価の何倍もの値段のついたそれらを、神田に来るたびに眺めるのが、私のひそかな喜びだった。店の親父《おやじ》が愛想悪く、腕組みして仁王立ちで監視するなか、私は丁寧に本を箱から出し、パラパラとページを流した。図書館で全集を借りるのも良いが、いつかこれらを部屋に揃《そろ》えてみたいものだと思いつつ、パラフィン紙が破れぬように注意しながら箱に入れ、棚に戻した。そして、この作家を馬鹿《ばか》にされてすごすご帰って来た自分が無性に口惜《くちお》しくなり、「根性なしですみません」と心の中で今は亡《な》き中田氏に謝った。

さて、いい加減に古本屋を出ようと立ち上がろうとして、私は目眩《めまい》を起こした。軽い立ち眩《くら》みによろめき、ちょうど後ろを通ろうとしていた人にぶつかった。

「あ……すみません」

「可南子！」

「えっ、ニキちゃん！」

なんという奇遇。二木君だった。うるさい、おまえたち出て行け、と鬼のような形相でにらみつけてくる親父に負けて、私たちは退散した。

ダブルチーズバーガーを瞬く間《またたくま》に食べ尽くし、ＬＬセットにしたポテトと飲み物を胃に収めていく私に、二木君は、

「可南子、もうちょっとゆっくり……」

と周囲の視線を気にしてたしなめる。空腹が一段落した私は、とりあえず落ち着こうと、口のまわりを紙ナプキンで拭《ぬぐ》った。

「普段と違うスーツ姿だと、なんだかニキちゃんが格好良く見えるよ」

「何言ってんの。さっきまで『目が回るからとりあえずマックに行こう』って、真っ青な顔で言ってたくせに」

へへへと照れ笑いをして、私はコーラを飲んだ。

「ニキちゃん、今日Ｋ談社だったの？」

「うん。さっさと終わったから、古本屋まわってから帰ろうかと思ってさ。なに、可

南子は集A社もだったの？」

「お昼食べる時間がなくてね。今になっちゃった」

二木君にもポテトを勧め、二人で芋をつまみながら話した。

「集A社はいい人たちに当たって、けっこうスムーズに話ができたんだけど、K談社が最低だったの」

「ふーん、僕もそうだったよ。あれは絶対落ちたね」

昼時はとうに過ぎていて、店内はすいている。二木君は立ち上がって、灰皿を取ってきた。私の了解を取って、おいしそうに吸い始める。

「僕はね、K談社の試験のとき可南子に言われて、そうかもしれないなと思ったんだ」

「え、なにが。なんのこと？」

「好きなものを諦《あきら》めたら後悔するって、さ」

あの話か。熱いことを言ってしまって恥ずかしい。

「だから僕も、『今』を逃さないようにしようと考えを変えたんだ」

煙が来ないように、二木君は横を向いて吐き出し、手に持っているときも私からは一番遠い場所になるようにしてくれていた。

「やるだけやれば、悔やまずにすむ、だろ？」

そこにいたって、普段はクールな二木君が、自分の心を素直に語っている理由に気づいた。K談社の面接がうまくいかず、集A社で思わぬ裏工作にぶち当たり、私は自分でも気づかぬうちにかなりのショックを受けていたらしい。私の微妙な陰に、二木君は敏感に気づき、励ましてくれたのだ。

「もうへこたれはじめてるけどね」

ストレートに感謝することも気恥ずかしく、私は嘯《うそぶ》いてみせた。さっきまでは確かにへこたれていたが、今は二木君の言葉を受けて、また心が温かさを取り戻している。

「そういえば」

二木君は何か思い出したらしく、短くなった煙草《たばこ》を消して座り直した。

「可南子の弟、何か言ってなかった？」

「何かって？」

「うーん、変わったことないか？」

思い返してみたが、わからない。

「特に思い当たらないけど。なんで？」

「僕は、旅人君に幻滅されたのかもしれない」

「どういうこと、それ？」

驚く私に、二木君は言いにくそうにしていたが、やがてゆっくりと順序立てて話し始めた。

「僕さ、ずっと旅人君にパソコンを教えてきたんだ」

口からポテトがはみでたまま静止してしまった私に、二木君は慌《あわ》てて付け加える。

「いや、最近はもう旅人君も、自分で自由にパソコンで遊んでて、僕も一緒になって音楽作ったりして遊んでるんだけど」

あまりフォローになっていない言葉に、なんだかよくわからないまま頷《うなず》いた。そして気づく。

「ちょっと待って。だって、二木君の家、うちからすごく遠いじゃない。旅人は二木君の家にお邪魔してるの？　文通とかじゃなしに」

二木君は「文通」という言葉に、片方の眉《まゆ》だけを器用に上げて怪訝《けげん》そうな顔をしたが、私の疑問に答えてくれた。

「そう頻繁にじゃないけど、まあ月に二回ぐらいかな。知り合いの家が近くにあるかで、夜に寄ってくれたりね」

さては夜遊びで知り合った仲間の家だな。高校生のくせに、まったく好き放題してくれると、弟の手綱《たづな》を緩めっぱなしの私たち家族を反省した。そして、いつか弟が言っていた『パソコン教室』とは二木君の家のことだったのかと、ようやく思い当たった。

「ごめんね。二木君は実家なのに。ご家族の方にも謝っておいて」

「いや、いいんだよ。うちは結構お客さんがよく出入りしてるし、母親も妹も旅人君のファンだから。旅人君にはこれからも、もっと遊びに来てもらいたいんだ」

近所のおばさんたちを丸め込んだように、またもや愛想を最大限に発動しているらしい弟に、私は呆《あき》れるやら感心するやらだった。

「僕が言いたかったのはそんなことじゃなくて」

二木君はそこで言葉を切って、交差点を行き交う人の流れを見下ろした。そして、思い切ったようにまた、室内に視線を戻す。

「昨日の夜、メールが来てたんだ。『パソコン教室はしばらくお休みさせて下さい。当分行けないと思うけど心配しないで下さい』って」

べつに試験前というわけでもないはずだし、たとえ試験があったとしても平気で遊んでいるのが弟である。何かあるんだろうかと考えを巡らせていると、二木君はためらいがちに続けた。

「今まで、学校とか可南子の家とかで何か行事があっても、けっこうちょくちょく顔を見せてくれていたんだよ。こんなふうに文章で『しばらく行けません』って知らせてくるなんて、初めてなんだ」

弟を心配してくれているのと同時に、まだ何か二木君は心につかえていることがあるようだった。その胸の中の塊を吐き出すように、二木君はうつむいて言葉を紡《つむ》いだ。

「だから僕は、もしかして、旅人君は僕がホモだって気づいて、気持ち悪く思ったんじゃないかと」

びっくりし、そして次に、二木君にこんな気持ちを味わわせる弟に怒りを感じた。もちろん弟は二木君の事情を知らないから、なんの気なしにメールで『行かない』と伝えたのだろうが、それならせめて理由も言え、と腹立たしかった。プライドの高い二木君が、弟を心配して、言いにくい心情まで吐露してくれているのだ。

「ニキちゃん、ニキちゃん。ありえないよ、そんな。たとえ気づいたとしても、だから『行かない』って言うような人間には育ててない。大丈夫よ、考えすぎだって」

言いながら本当に、そういうことで弟が人を避けたりするわけがないと、確信した。

そうすると、二木君の家に行けないわけは何だろう。

「そうだよね。ごめん、なんだか神経質になってるみたいだ」

二木君は恥ずかしそうに言って、煙草に手をのばした。そういえば松嶋《まつしま》先生と話した後も、そんな感じだった。そんなことを思い出しながら、紙コップに残った氷を食べた。なんだか嫌な予感がする。

「ニキちゃん、旅人が気になるから、私帰るね」

二木君はつけたばかりの煙草を灰皿でもみ消した。

「出よう」

地下鉄の駅まで一緒に戻り、私は二木君に手を振った。

「お昼につきあってくれてありがと。なんかわかったら電話するから」

頷いて、二木君は傘をさして古本屋街に戻って行った。私は何かにせかされるように、すべりやすい駅の構内を走った。

接
面

玄関を開けたとたん、義母が廊下を走ってきた。

「可南子さん！　大変です」

心臓が痛いくらいに激しく鼓動した。義母は左手に白い紙を持っている。

「どうしました」

「旅人が」

義母は玄関の上がり端で、ヘタヘタと座り込んだ。

「旅人が家出してしまったのよ！」

差し出された紙を見ると、『旅に出ます。探さないで下さい』と確かに旅人の筆跡で書いてあった。

ああ。やっぱり。

六、進路

「なあにが『旅に出ます』だっつうの。ふざけてるわよ、まったく」

憤《いきどお》って、私はパフェを食べた。砂子《すなこ》は傍らで、嬉《うれ》しそうにパフェをつついている。

「雨ざらし」はいつもどおり人影もまばらだ。私たちの『甘い物消費速度』に、二木《にき》君は顔をしかめ、

「で、行き先に見当はついたの」

と尋ねた。

「全然」

昨日はあれから大変だった。二木君に弟が家出したと電話して、パソコン関係の友人を当たってもらい、谷沢にも連絡をした。父に家出の事実を伝えてもらわなければ

ならない。

「谷沢さんが『跡を継げ』ってうるさく言ったからよ。わかってるでしょ。取り消さないかぎり、旅人《たびと》は帰って来ないつもりよ」

他に家出の理由は思い当たらない。弟は体当たりの抗議行動に出たのだ。電話の向こうでショックのあまり沈黙を続ける谷沢を、集A社に後ろで手を回されていた鬱憤《うっぷん》も手伝って、思いきりいじめて一方的に切ってやった。あの男はしばらく役に立たないだろう。横でオロオロしている義母から、今度は弟のクラス名簿を受け取って、名前を聞いたことのある友人のところに次々電話をかけた。弟を匿《かくま》っていないかと、細心の注意で言葉の裏を探ったが、どの子も驚いた様子だった。まああの弟の友人だから油断はならないが、友達の家に転がり込んでいないのは本当だろう。女の子の家となると、連絡先はわからずお手上げだった。こうして、弟は綺麗《きれい》に行方をくらましてしまった。先ほど家に電話したら、やはり学校にも行っていないと、義母は泣いていた。

「ごめんね、ニキちゃん。心配かけて。でもまあ谷沢が折れれば、戻ってくると思うのよ」

今日大学に来るまでにも、駅やら町やらで人込みの中に弟を見つけようとして、すっかり目が疲れてしまった。なるようになると割り切らないと、とても身が持たない。そのうち弟からコンタクトがあるだろう。私はあまり気にしないようにした。

「まあ可南子《かなこ》の弟クンは生活力ありそうだし、しばらくはなんとかやっていけるわよ」

パフェを食べ終えた砂子が慰めてくれた。

「なんとかって？」

聞き返すと、

「うん？　ヒモとかさ」

と言う。弟はまだ高校生なのに、そんなことでいいのだろうか。二木君は肯定も否定もせずに、ただ笑っている。弟が帰ってきたら、もっと高校生らしい健全なイメージになるように、教育しなおす必要がある。泣いている義母としばらくあの家で二人で暮らすのかと思うと、早くも弱音を吐いてしまいそうだ。打ち沈む私の様子を見て、砂子は自分の発言の失敗を悟ったのだろう、話題を変えた。

「そういえば、昨日の夜に忍君から電話があったのよ」

「ええっ、久しぶりだね。元気そうだった？」

去年の夏に民俗芸能の見物にでかけ、私たち三人は忍と会った。忍は近畿地方のものすごい山奥に住んでいて、普段は林業をしている。その村でも過疎《かそ》が進み、若者は忍をリーダー格に五人ぐらいしかいないのだが、盆にやる太鼓踊りの伝統が奇跡的に存続していた。本当は別の祭を見に行こうとしていた私たちは、砂子の的確なナビゲートにより見事に道を間違え、山奥のその村に迷い込んでしまったのだった。なんだか横溝正史の世界になってきたけど大丈夫？　と脅える私たちの車の前に、忍は出現した。白装束で腹に大きな太鼓をぶらさげたスタイルで。

「あんたらどこから来たん？」

突然村に入ってきたレンタカーに、うさん臭げに忍は聞いた。彼はその山奥に似つかわしくない、色白細面のいい男だ。砂子の目が光ったのを、二木君も私も見逃さなかった。目当ての村は山を二つ越えた所だと忍は笑い、祭ならこれから「ワシら」もやるから見ていけと言ってくれた。家にまで泊めてもらい、私たちはすっかり仲良くなった。

「相変わらず林業はヒマだから、畑をやってるらしいわよ。盆の太鼓踊りの練習も始まったって」

「へえー」

また今年も、忍たちはたくましく生活しながら、祭を楽しみにしている老人たちのために、自分たちの村に伝わる踊りを練習しているのだ。

「『おまえらも就職で、今年は村に来られるかわからんやろ。ワシらでいっぺん、東京に遊びに行こうかて言うとる』って」

それでね、と砂子は続けた。

「そっちは何か変わったことないか、って言うから、ほら、ちょうど二木君から可南子の弟クンが家出しちゃったって電話をもらったところで、それを言ったの」

二木君が、何か考えるように首をかしげた。

「電話口でそれを忍君が外野に伝えて、そしたらまわりに人がいたらしくて、たぶん寿《ひさし》君やタカシ君だと思うんだけど『ホンマか』『どないするんや』って声が上がってた」

おいおい。あの村にまで弟の家出が伝わってしまった。私は恥ずかしさに身を縮ませた。結局「家出話」になってしまったことに気づいた砂子は、申し訳なさそうにパフェの空き容器を捨てに立った。

谷沢からはすぐに連絡があった。

「わかりました。健二さんにも怒られました。もうぼっちゃんの進路にうるさく口出しはしませんから。何を勉強してもしなくても、政治家になれないことはないですし」

根本的なことがわかっていないようだが、谷沢は必死だ。

「だからお願いですから、ぼっちゃんに家に帰るように伝えて下さい。集A社に可南子さんを頼みこんだことは、謝りますから」

「あのねえ」

電話の向こうで力なく泣き言を言う男に、私はもう一度言い聞かせる。

「私は復讐《ふくしゆう》のためにいじわるを言ってるんじゃないんだよ？ 旅人は家出しちゃったの。携帯も電源を切ってるのか電波が届かないのかわかんないけど、通じないの。居場所がわからないから伝えようがないでしょ」

本当に肝心の時に役に立たない。それこそ政治家のコネとやらを総動員して、居場所を突き止めればいいのに。だがどうやら父は、その必要はまだないと判断しているようだ。義母と私は、ひたすら弟からの連絡を待つしかないのである。

フヌケと化した谷沢からの電話を切り、私は靴を履いた。今日は集A社の二次面接の日なのだ。二木君と私は、案の定K談社は落ちていた。

しかし谷沢が理由かどうか知らないが、私にはまだ集A社が残っていた。一次面接の通過を報告すると、二木君は素直に喜んでくれたが、演習の発表の準備に追われていた砂子は、不吉なことを言った。

「これで集A社に決まると、今度は卒業ができなくなっちゃうのが、人生ってものなのよね。可南子、授業も気を抜かないほうがいいわよ」

「やめてよ。私そういうジンクスみたいなの気にするほうなんだから。爽《さわ》やかな気分で面接を受けさせてよ」

フッフッフと笑いながら、砂子はコピーを切り貼りしてレジュメを作っている。

「それにふだん授業に身を入れてないのは、どちらかというと砂子のほうでしょ」

「そうなのよー。可南子、民俗学のノート貸して」

「あ、あれ私もノート取ってない」

どうするのよー、卒業できるのーと泣く砂子を無視して、二木君は言った。

「集A社の二次は集団面接があるだろ」

「それ私も情報君に聞いた。一緒に面接を受ける学生と、控え室でどれだけ打ち解け合って仲良くなれるかが、ポイントだって。足引っ張られたりしたら馬鹿《ばか》らしいじゃない？」

砂子はノリでベタつく指を、いらない紙でふき取りながら言う。

「ちょっと砂子、いつのまにそんなに親しくなったのよ」

「いいでしょ。使えるもの、役に立つ情報、なんでも利用しなきゃね。それにこれは可南子のためでもあるんだよ」

そんなことを言うわりには、あんまり就職活動をしていないようだが。

「なによ、情報君は私が連れてきた男よ。勝手に利用しないで」

「まあー、いいじゃないの、あんなセンスの悪い男。可南子だって邪険にしてたじゃない。いまさら惜しくなったの？」

そういうわけではないが、初めは私に気があったらしい情報君が、いつのまにか砂子に懐柔《かいじゅう》されていたとわかると、釈然としない。美しい砂子の前に、女のプライドがやや傷ついた。

いつもながらの私たちの戦いにたじろぐこともなく、二木君が平然と間に割って入った。

「まあまあ、情報君のことはともかく。集団面接は大丈夫なの？」

大丈夫ではなかった。

初めて会った人たちと、いきなり与えられた課題について討論するなんて、できるはずがなかったのだ。いつも一緒にいる人とさえ、うまくコミュニケートできなくて、知らない間に家出されてるくらいなのに。私は丘の中腹にある公園の、池のほとりでため息をついた。隣で西園寺《さいおんじ》さんが撒《ま》くパンくずを目当てに、アヒルたちが泳ぎ寄ってくる。グァグァグァグァと喉《のど》の奥でつぶやきながら、アヒルたちは鈍い音を立てて、ふやけたパンくずを水ごと吸い込んだ。

「まず控え室は妙にフレンドリーなんです。そしてその陰で相手を探りあってるのが、ありありとわかるという……まあ一言で言って嫌なムードでした」

砂子が得てきた情報君のアドヴァイスに従って、私はなんとか打ち解けようと試みた。しかし生暖かい表皮のすぐ下にある、冷たい氷の壁にぶちあたり、あえなく断念せざるをえなかったのだ。

「女の子しかいなかったのかね？」

「はい。集A社の面接は男女別々なんです」

私もパンくずをもらって、アヒルの眉間《みけん》を狙《ねら》って投げる。

「個人面接もあったんですけど、それも失敗しました。呼ばれるまで廊下の椅子《いす》で待っていたら、前の子が出てきて、ニッコリ笑って言うんですよ。『面接官の人たち、すっごく優しかったよ』って。聞いてもいないのにそんなことを言ってくるなんて、へンだなあと思って面接室に入ったら、厳しい感じで面接官たちは座っているんです。いわゆる圧迫面接気味だったんです」

「つまり、前の子にだまされたと？」

「さあ、そこまでは。本当に彼女には優しかったのかもしれないし。ただ、人間の心理として、『前の子は優しい感じだったと言ってたのに、どうして私には厳しいんだろう』って、不安にはなりますよね。わざわざ彼女が私に中の様子を『報告』したってことは、やっぱり彼女のときも圧迫面接で、次の人間を動揺させるために、嘘《うそ》をついたのかも」

「本当にそうなのだとしたら、可南子ちゃんも気の毒じゃが、その子の心も哀れじゃのう」

西園寺さんはため息をついて首を振った。

「それだけみんな必死なんでしょう。彼女が嘘をついた可能性がある、と気づいたときは、さすがに腹が立ちました。でも、私にはそうまでして他人を蹴落《けお》としてでも、という気概《きがい》はないんです。性格的にも、プライドとしても。もしかしたらそれが、『熱意の欠如』と面接官には映るのかもしれませんね」

「可南子ちゃんは普段は物おじしないのに、いざというときに押しが弱いところがあるからのう。それがあなたのプライドの高さの表れでもあるわけじゃが」

「いらぬプライドなのに、捨て切れないいんですよね。けっきょく、落ちたのはその子のせいじゃなく、自分のせいなんです」

私は思い出して笑った。

「集A社の筆記試験で書いた作文、出来は良かったと思うんですけど、どういう話かということを口で説明するのが、ちょっとためらわれる内容で……」

初対面のおじさまたちを前に、「男たちは自分のペニスに見立てた象を連れて、お姫様に求婚します」とは言えない。慎重に言葉を選ぼうと苦慮する私の意をくんで、面接官のおじさんは言った。

「わかりました。つまり象は男性の象徴である、という内容なんですね」

そんな簡単なオチじゃないやい、と思ったが、

「はあ、まあ」

と言葉を濁した。よっぽど、

「『人の孤独について描かれてる』のです」

とでも言ってやりたかったのだが。有名な少女漫画の中で、殺し屋が主人公の少年に、ヘミングウェイの『海流の中の島々』を、こう説明するのだ。私はこれを大変格

好良いと思い、しかし日常会話では普通は一生使わないフレーズでもあるので、半ば諦めつつも胸にしまっておいた。あの面接の時が、たぶん唯一《ゆいいつ》のチャンスだったのだが、やはり少し恥ずかしくて使い損ねた。結局落ちるのだったら、言ってやればよかった。

作文をめぐる顚末《てんまつ》を語り終えると、西園寺さんの言うとおりの、肝心なところでの自分の押しの弱さに、なんだかさすがに意気消沈した。

「まあそう気を落とさんと。その会社とは縁がなかったんじゃよ。まだ他にも受けているんでしょう」

西園寺さんは後悔にうちひしがれる私の気分を、なんとか引き立てようとしてくれる。

「はい。丸川をはじめとして、まあ名前を聞いたことのある出版社で募集してるところは、だいたいは」

ビニール袋から、また一摑《つか》みパンくずを撒いて、西園寺さんは頷《うなず》く。

「きっとどこかにありますよ。可南子ちゃんも気に入り、相手も可南子ちゃんにぜひ来てほしい、というところが。ちょうど今の可南子ちゃんとわしのように、相思相愛になる会社があるはずじゃ」

心のどこかで、そんなに甘いものじゃない、西園寺さんみたいに私を気に入ってくれる会社なんて……という声がずっとしているのだが、あえて聞こえないふりをした。たとえ最悪の事態に直面しても、まだ事実から目をそらそうとするのが私だ。

「夏前に決まってくれると、遊べていいんですけど」

夏か、とつぶやいて、西園寺さんは梅雨前の最後の青空となるだろう、澄んだ大気を見上げた。

「可南子ちゃんにとっては、最後の夏休みじゃゃね」

「順調に卒業して就職できれば、ですが。下手すると『毎日が夏休み』になってしまいそう」

「それも悪くはない」

と言って、西園寺さんは笑った。

「わしなんて、まさにそれだ」

西園寺さんは何か考える風で、可南子ちゃんを少しでも手伝えればいいのじゃがなあ、とつぶやいた。

袋を逆さまに振って、西園寺さんはパンくずを残らずアヒルたちに与える。そして、吸い込もうとしたパンくずが黄色いくちばしにくっついてしまったのを見て、棒切れで落としてやろうとした。もちろんアヒルは西園寺さんの好意を勘違いし、つつかれいじめられると思ったのだろう、慌《あわ》てて池の中央に泳いで行ってしまった。

西園寺さんは寂しそうにアヒルを見送り、棒切れを捨てた。そして、池を見たまま言った。

「可南子ちゃん。わしも、最後の夏休みを有意義に過ごそうと思ってね」

「最後？」

問い返した私には答えずに、西園寺さんは続けた。

「この夏は中国に行こうと思っているんだよ」

「まあ、ご旅行ですか？　いいなあ。どれくらい行ってらっしゃる計画ですか？」

西園寺さんは、それこそ筆よりも重いものを持ったことのない手をしていたが、顔に刻まれた皺《しわ》だけは、確実に時間を反映して深かった。

「たぶん、一年か二年。もしかしたら中国で死ぬことになるかもしれんなあ」

「そんなに……」

私は驚いて、とたんに冷たくなった手で西園寺さんの手を握った。西園寺さんはそっと握り返し、私を元気づけるようにそれをゆらした。

「本当は、旅人君が家に戻ってから言おうと思っていたんじゃが、決めたことを隠しておくのも変だからね」

私を見て、西園寺さんは静かに説明した。

「わしは書をやっているじゃろう。やはり一度は中国に行って、いろいろな書体を実際に見てみたいと思ったし、もう一度きちんと書に触れたいと、ずっと願っておった。こんな年になってと思われるかもしれんが、妹も亡《な》くなってしまったし、一人で残りの人生をやっていくだけの金は十分あるし、あの家は息子夫婦に譲って、あとは好きなことをしようと思う」

「息子さんはなんて？」

「ずっと反対していたが、とうとう折れてくれたよ」

今度は私が、池を見た。実際は涙で視界が曇ってしまって、何も見えていなかったが。

「もう決めてしまったんですね」

つないでいた手に、とうとう涙が落ちた。西園寺さんが優しく背中をなでてくれる。

「そんなに泣かなくていいんだよ。こんなおじいさんだ。どこにいたって、老い先は短い。そんなわしが、わがままでしたいようにする。可南子ちゃんみたいに若い子が泣かなくていいんだよ」

私は西園寺さんの肩に顔をうずめた。

「なあに。すぐいやになって、帰ってくるかもしれないんじゃ」

それはないだろうと、私の中の何かが確信していた。西園寺さんは、もうこの町には戻らない覚悟でいるのだ。ここで生まれて、ずっとここに住んできたのに。粋《いき》な着流し姿の西園寺さんの、着物の襟を握って泣いた。

「まだ夏までは間があるよ」

西園寺さんの声も、少しかすれていた。池のアヒルたちは、もう近づいてこない。私たちはベンチにいつまでも、二人きりで座っていた。

本格的に梅雨に入ったというのに、弟からは音沙汰《おとさた》がない。しばらく顔色が悪く、電話の音にだけ鋭く反応していた義母は、とうとう寝込んでしまった。二人だけの気まずい食事が続くことに、相当参っていた私は少し安心したぐらいだ。

二人で向かい合って食事をすると、義母も年をとったなあと感じる。初めて義母がこの家に来たとき、まだ若く美しかった彼女に抱かれて、泥だらけで遊んでいた私はなんだか恥ずかしくて、傍らで笑ってそれを眺めている父が遠くに行ってしまいそうな気がして、ぐずって泣いた。あのときにもう少し友好的にしていれば、私たちの関係はもっとうまくいったのかもしれない。弟が生まれるころには、義母はどこか凍りついたようになっていて、弟はそんな母親を敬遠して私になついたから、なおさら私と義母の間はよそよそしくなった。考えてみれば、それは私がかわいげの不足した子供だったせいであり、この家の重圧のようなものを甘く見た父のせいなのである。さしずめ私は、古い家に居ついた姑《しゅうとめ》といった役回りだ。変化を嫌う、神経質な小動物のように腹立たしい生き物だと我ながら思う。

だが実の息子の家出という事態は、義母の凍えた母性の泉を、再び活性化させたようだ。義母がここまで弟を心配するとは、正直予想していなかった。いつもなら、また周囲の目を気にして演技を始めたのかしら、などと頭の片隅で冷たく考える私だ。だが自分自身も弟の家出に動揺していたので、義母に血の通った心が残っていたことがわかって、不思議と素直に安堵《あんど》した。しかし、出版関係の就職活動が忙しくなっていたので、つきっきりで義母を看病することもできなかった。

ある日、夕飯を運んでいくと、本が溢《あふ》れたその部屋で、義母は布団《ふとん》に起き上がってぼんやり庭を眺めていた。その姿にさすがに激しく胸が痛んで、何も慰めの言葉をかけられぬまま、ぎこちなくご飯を勧め、義母の部屋を出た。そして、ちっとも弟の居場所を探し当てられない谷沢に、腹いせに文句を言おうと廊下に出たら、ちょうど電話が鳴った。父からだった。

「可南子、お義母《かあ》さんの具合はどうだ」

「よくないわよ。力がぬけちゃって、ぼんやり庭見てるんだから」

私の姿を見ても厭味《いやみ》も言わないなんて、こんなことは今までになかったことだ。

「そうか……あのな、旅人が見つかった」

とたんに、東京湾に漂う腐乱死体や、ゴミ袋から突き出ている脚が思い浮かんで、
私は震える声をようやく絞り出した。

「そんな……誰に殺されたの？」

「おまえなあ。また何を考えたんだ。勝手に弟を殺さんでくれよ」

呆《あき》れ気味の父の声に、安堵とともに怒りも沸いてきた。

「だってなんか気をもたせるような言い方だったんだもの。旅人どこにいるのっ」

気をもたせるってのは、期待させるって意味だぞ、と父はブツブツ言っていたが、
と答えた。

「山奥だ」

「だからどこの」

「さあ、それは聞かなかった。今日、私の携帯に直接電話があってね。谷沢も反省し

ているからと伝えたら、もう少ししたら家に帰るから、と。元気そうだったよ」

どこにいるのかと聞いたら、山奥と弟は答え、父はそれで満足したのだそうだ。私には父の満足の基準がまったくわからない。今すぐ東京の父の家だけ床上浸水すればいいのに、と真剣に思った。義母に電話の一部始終を話すと、彼女はパッタリと布団に横たわり、顔まで毛布を引き上げてしまった。

「あの、お義母さん？　大丈夫ですか？」

「私はなんだか疲れました。今日はもう寝ます」

そこで私は静かに義母の部屋を辞した。

次の朝、義母はすでに起き出していて、居間に入ってきた私にご飯をよそいながら、

「可南子さん、あなた就職は決まりそうなんですか」

と、いつもの調子に戻って尋ねた。

神保町のマクドナルドは、にぎわっていた。どうやら私と同じく、S学館のエントリーシートを提出に来て、ここで最後の仕上げをしている学生たちが客の大半のようだ。ジュース一杯で粘って、必死に書き込んでいる人もいる。私も昼はとうに食べてしまって、空になったトレイをテーブルの隅に押しやり、下書きをボールペンで清書

していた。

静かな店内で、先ほどから一人だけ大きな声で話している女子大生がいる。彼女も出版社志望で、ここでS学館に提出する書類を作成しているようだ。たまたま席が隣り合った、これまたS学館の書類を記入している女の子に、さっきから親しげに話しかけているのが、声の正体だ。聞きたくなくても声は耳に入ってくる。どうやら大声女史はK談社の最終面接まで残ったらしい。ボールペンは休めずに、私の耳はパラボラアンテナと化していた。

ふと背後に視線を感じて顔を上げた。正面にはめ込まれた鏡を見ると、壁に半分隠れながら私を見つめている砂子が映っていた。

「スナコ！　やだ、なんでそんなところに隠れてるのよ」

私は笑いながら振り返った。砂子は隠れていた壁から姿を現すと、

「やっと気づいたー」

と嬉《うれ》しそうに私の向かいの席についた。

「今日S学館の書類を出しにいく、ってニキちゃんに言ったら、可南子がもしかしたらマクドにいるかもよ、って教えてくれたの」

さすが二木君。人の行動パターンを読むのがうまい。

「ニキちゃんはS学館は受けないって？」

「うん。ほら、やっぱり院に行って勉強したいみたい」

「せっかく能力があるんだもん。そのほうがいいよね」

「ニキちゃんなら大学の先生になれるよ」

自分のことのように誇らしげに請け合う砂子を微笑《ほほえ》ましく思いながら、私は頷《うなず》いた。

「スナコはどう？　どこか決まりそう？」

「全然。最近はボチボチ受けているんだけど、どこも駄目よ。ファッション系をまわったんだけど……」

持って来たトレイに乗っていたシェイクを、砂子は吸った。まだ堅かったらしい。顔が真っ赤になるほどストローで吸い上げていたが、やがて口を離した。

「だめ、ちっとも吸えない」

紙コップを手で包むようにして温めながら、砂子は話を続けた。

「アパレルの大きな会社に行けば、『へえー、今までエリートコースですねえ』なんて眉《まゆ》を整えてる男に言われるし、小さいところを受けると、『うちみたいに小さい会社じゃなくて、もっと大手のメーカーに行ったらどうです』なんて言われてさ。結局どこも取ってくれないのよ」

「その『エリートコース』って私も言われたよ。集A社の二次面接で、『君は大学もストレートか。これでうちに入ったら、ほんとにエリートコースだね』って」

「なにさ、それ。自分で自分をエリートって言っちゃってるよ。恥ずかしい」

砂子はまたも思いっきりシェイクを吸おうとした。そして苦しくなったのか、肩で息をする。

「まあ体のいい断りってことなんだろうけど。どこでも必ず最後は、『あなたは何かスポーツやってましたか？』だし。『有名大学の体育会系（男子）』って、正直に募集要項に書いておいてくれれば、こっちも無駄足ふまずにすむのにね」

私が嘆息すると、なんの意味があるのか、今度はコップを揉《も》みだしながら、砂子は鼻で笑った。

「だいたい会社、それがひいては『社会』なんだと思うけど、会社が求めるような能力が、そもそも私たちに備わってないのよ」

ようやくシェイクが溶けたらしい。砂子は今度は澄ましてストローをくわえ、息が続くまで飲む。

砂子の言葉に納得させられた私は、思いつくかぎり、面接に必要とされる能力をあげてみた。

「覇気があって、うだつがあがってて、初対面の人とも明るく打ち解けて。そういうのを面接という限られた時間内でアピールできる、か」

「そうそう。そういうことができる人間を、社会人というのよ」

砂子は吸引に一段落つけて、コップをトレイに戻した。

確かにいつまでも幼いことを言っていても仕方がない。

しかし、先日面接に行った、出版社の小さな下請け編集プロダクションも、私には疑問だった。そこではもちろん残業手当は無く、保険も満足に整っていないのだった。若いのにあまり瑞々《みずみず》しいとは言えない女性たちが、忙しくたち働いている。面接してくれた中年の男は、

「うーん、忙しいときは一日に二十時間労働だね。普段で十二時間以上。体壊してやめる子も多いよ」

と笑った。

「でもまあうちのスタッフは優秀だからね。うちの子たちはいつも、大きい出版社の編集者の中には、手本にしたいと思えるほどの人がいないって、よく言ってるよ」

それほど優秀な人材がそろっていながら、どうして苛酷《かこく》な労働条件に甘んじているのかが、私には理解できない。さっさと賃上げ要求でもストライキでも革命でも起こ

して、もう少し人間的な環境で働けるように動けばいいではないか。優秀なのだったら、大きな出版社だって手放したくはないだろうから、その要求を飲むのではないか。残業手当もつかないのに二十時間も働いて、心身がいつまでも持つわけがない。結局、あの会社で働いている女性たちはいつかは転職や退職を考えなければならないだろう。だが転職がステップアップになりにくいのも現実だ。

「体力はあるの？」

「親御さんは娘が時間が不規則な世界で働くの、許してくれてるの？」

こっちはもう成人してるぞ！　と殴り掛かり、カツラをひんむいてやりたい質問の数々に答えても、なかなか希望の会社には入れそうもない。産業革命時代のイギリスの炭鉱みたいな労働条件の編集プロダクションにも断られた私としては、もうこのまま会社には入れないのかもしれないという思いが半分くらい胸を占めていた。

「もう就職活動やめようかなあ」

思わず弱気になって私が言うと、

「私も。なんだかいかに自分が会社勤めに向かないか、わかってきたもん」

砂子も肩を落として言った。

「情報君は、なんとかっていうスーパーから内定もらったって。もう少し活動は続けるらしいけど」

砂子は相変わらず情報君と連絡を取り合っていたらしい。

「へえ、良かったじゃない」

「うん。でも彼も『セミナー通い』のせいか、爽《さわ》やかさにますます磨きがかかってね。なんかツルッとして陰がないの。あれが洗脳、マインドコントロールってもんなのかもね」

「自分に自信がある、ってことでしょ。いいことじゃない」

そう答えながらも、あれ以上爽やかに、押しが強くなってしまったら、ちょっとつきあいきれんなあと、私は思った。

するとそのとき、先ほどの大声女史がとんでもないことを言っているのが、耳に飛び込んで来た。

「私さあ、女をレイプした男はみんな刑務所で、屈強な男たち五人ぐらいに犯されるといいと思うのよねえ」

なんなんだ。なんの話だ。砂子がびっくりして大声女史をうかがった。もちろん店中が静まり返っている。女史につかまっていた女の子は、相槌《あいづち》もうてずに困ったように笑って小さくなっていたが、女史は気づくふうもない。

「ね、いい案だと思うでしょ。あ、でもそれで男の味に目覚めたら癪《しゃく》よねえ」

「なにあれ」

砂子が美しい顔をしかめて、ひっそりと言う。

「さあ……K談社の最終まで残った人らしいよ」

「なんで知ってるの？」

「さっき自分でそう言ってたのを聞いた」

砂子は立ち上がって言った。

「あーあ、なんだかやりきれない気分」

彼女は私の手元を確認し、

「さ、S学館に書類を提出して、帰りに新宿で服を見ましょうよ」

高らかに宣言した。

「ウィンドウショッピングだけど」

七、合否

そろそろ夏になってもいい頃だが、雨はまだ降り続いていた。今年はいつまでも夏になってほしくない気分だったから、少し安心した。梅雨の間、私は西園寺《さいおんじ》さんに会い、喫茶店でマスターをからかい、大小の出版社を受けた。信じられないことに、私は丸川の筆記試験に受かり、一次面接にも二次面接にも受かり、なんと最終面接を受けて、今日はその結果待ちをしているところだった。最終面接に受かっていれば、いよいよラオゾー氏と一対一の社長面接である。そこまでいけば、丸川入社は間違いない。

最終に残ったと聞いて、さすがの砂子《すなこ》も、

「頑張ってね。絶対受かって、これから雑誌はただで頂戴《ちょうだい》ね」

と真剣に応援してくれた。二木《にき》君も、

「妙な映画作ってねー」

と私に期待してくれているようだ。思えば長い道程だった。私は部屋から郵便受けを監視しながら、しみじみと感慨にふけった。誰からも就職には向いていないと言われ、自分でも内心そうではないかと感じていたが、そんなことはなかったのだ。漫画喫茶は週に一度で我慢し、弟の家出にもめげず、砂子の変なジンクス掛けにもひるまず、ついに私は念願の出版社入社まであと一歩と迫ったのだ！

フフフ、どうしよう。本当に丸川に受かったら、まずは少女漫画雑誌を改革せねばならない。すぐに古本屋に売られてしまうような作品ばかりだから、もっと内容の濃い物語を連載するよう方向転換する。しかも絵がオタクくさいから、もう少し一般少女漫画ずきにも受け入れられる絵柄に、少しずつ変えていく。こりゃあやるべきことが多くて忙しくなるわ。でもまあいい。バリバリ働いてガツガツ稼いで、それでラオゾーに、

「君のように優秀な人に、ぜひ息子の嫁になってもらいたいものだ」

と言われるのだ。私はラオゾージュニアと結婚して、『丸川の女帝』とか呼ばれるんだわ。そうなったら就職の面接で変な質問なんてしないよう、社員に徹底させてや

る。

丸川の一次面接は、穏やかに過ぎた。私も相手を試してみようと思っていたから、「好きな作家は？」と聞かれたら「中田薔薇《ばら》彦《ひこ》」とどこの出版社でも答えて反応を見るようにしていたのだけれど、丸川の一次の面接官は、

「へえ。彼は短歌の編集者としてうちで働いていた人ですよ。今も若い人が読んでいるのは、嬉《うれ》しいことですね」

と言ってくれた。しかし二次の面接官は失礼な人物だった。「最近見た映画で面白かったものは？」と尋ねるから、「『吉成組外伝・はぐれ犬の系譜』です」と答えて、さらに問われるままに内容を説明した。すると面接官は、

「フフン、楽しそうですね。働くと映画を見る時間もないんですよ。忙しくてねえ。それが会社に入るってことなんだけどさあ」

と言う。見た映画を聞かれたから答えたのに、なぜ私が責められなければならないのだ。なんだかおかしな話だ。会社に入ったら学生時代より自分の時間が少なくなることなんて、みんなわかっていて、それでも就職活動をしているのだ。こういう発言を、男子学生にもしているとは考えづらい。男は会社に入って働くのが当然だけど、女で働きたいなんて、ちゃんと覚悟ができてるのかねえ、という思いの表れなのだ。

少なくとも私はそう受け取った。それを証明するかのように、彼は続けた。

「女の子だと結婚とかの問題もあるし、親とも話し合った？」

私の両親は別居していて、家にいる母親は継母で、弟は家出中ですと言ってやろうかと思った。さらに、あの父親ときた日には、相談に乗ってくれるどころか、私の気力を萎《な》えさせることしかしない。

父は私の高校受験の当日の朝になって、

「可南子《かなこ》、高校はどうするんだ」

と聞いたぐらい、タイミングがずれているのだ。もうそのころには私も、さすがに父という人間がわかってきていたから、

「行くよ」

ととりあえず返事だけはしてあげた。

「豆腐を小さい順に食べるのやめてよ」

と、朝食のみそ汁の具の大きさを吟味しつつ箸《はし》を運ぶ彼を、一喝するのも忘れなかったが。そんなことを思い出しながら、私は面接官に答えた。

「今つきあっている人は七十歳ぐらいで、しかもこの夏に中国に行ってしまってもう帰らないかもしれないので、私は当分結婚しませんから」

面接官は、

「ハハハ、またあ」

と笑った。何が「またあ」なのだ。私は冗談を言っているのではない。ああいう不快な、質問の意図が不明瞭《ふめいりょう》なことを聞くような社員は、私が女帝になった暁にはクビにしてやる。最終面接でも、主に問題になったのは体力について、だった。筆記試験の時に、一緒にマークシートの心理試験のようなものもやらされたのだが、

「どちらかというと家にいるほうである」「YES・NO」

こういう質問が二百ぐらい延々と続く代物《しろもの》である。そりゃあ私は「どちらかといえば」家にいるほうが好きだし、大勢で騒ぐよりも一人で漫画を読んでいるほうが好きだ。するとその、機械が判定する試験の結果を、最終面接ではやけに面接官が気にするのだ。

「君ねえ、相当行動力がない、って結果になってるんだけど」

「そうですか、そんなこともありません。休みのたびに民俗芸能の調査にも行ったし、友人とアングラ演劇もやったし、映画も週に一、二本見てることも多いし、漫画喫茶もそれぐらい行きますし」

「本当？　だってこの結果だと、全然家から外に出ない人みたいだよ」

YES・NOクイズに何がわかる。私の性格をそんなもので判定されたくない。「どちらかといえば」一人でぼんやりしていたり、親しい友達とこぢんまり遊ぶほうが好きだ、という基準でマークしていったら、そういう結果になっただけのことだ。

「じゃあ運動とかはする？」

「いいえ。でも、日常生活には差し障《さわ》りありません。風邪もここ三年はひいてないですし」

なんとか「アクティブ」な人間であると印象づけようと、私は必死に抵抗した。だが面接官たちは、

「健康なんだー」

と信じてない感じで笑うのみだ。風邪をひいていないことをアピールして損をした。「馬鹿《ばか》は風邪をひかない」という言葉を印象づけて終わったような気がする。私が女帝になったら、運動歴とか健康かとか、そういうことは問題にしないように徹底させる。馬鹿げた心理試験もやめる。そんなもので人間の内面を判定できるわけがなく、ただ頑丈な人を採用すれば会社が安泰、であるわけもないからだ。

雨に濡《ぬ》れる郵便受けを眺めながら、私は女帝になった時のために、改革案を練り続けた。

バイクの可愛《かわい》らしい音がして、雨ガッパを着た郵便配達夫が、我が家にも手紙を落としていった。夢想から覚め、私は猛然と板張りの床を駆け抜けた。

「なんです、可南子さん。もっと静かに……」

小言を言う義母の声も、ドップラー効果をおこしている。雨に濡れた飛び石を、傘もささずに走り抜け、私は門まで到達した。郵便受けを開けると、案の定丸川からの封書が入っている。これで漫画漬けのサラリーマン生活ができるかどうか、ボーナスをもらえる人生になるかどうかが決まるのだ。

「あああ、動悸《どうき》が邪魔で目がかすむ」

私は震える手で封筒を破り、中の紙を取り出した。

「今回は誠に残念ではありますが、採用は見送らせていただきます」

クウゥ。夢、破れたり！　ガクリと地面に両手をつき、四つん這《ば》いになって雨に打たれた。

「くっそお、最後の最後で落とすなら、最初から落としといてよね！　期待しちゃったじゃないのさ。さんざん『女帝になったら計画』を練っちゃったじゃないのさあ！」

まったくやっていられないやと、さすがに悔しい。最終面接で、

「水泳やってます。一万キロは泳げます」

とか、

「陸上やってます。１００メートル８・４秒です」

とか、適当に嘘《うそ》をついておけばよかったのか。しばらく四つん這いでいよう、もしかしたら義母が様子を見に来て、なぐさめてくれるかも、などと考えていたら、遠くから車の音がする。この姿を通りを行く人に見られたら、また近所で、

「藤崎さんとこの可南子ちゃん、門の所で動物みたいに吠《ほ》えてたわよ」

と噂《うわさ》されてしまう。どうしよう、膝《ひざ》も冷たいし、そろそろ起き上がろうかなあと思っていたら、車はどんどん近づいて、どうやらそれは軽トラックの音らしく、私が片手に手紙を握り締めて這っている、門の前で止まった。

「なあにやってんのや、おまえ」

驚いて顔を上げると、なんと忍が運転席から降り立ったところだった。

「し、ししし忍君？　なんでここに！」

衝撃のあまりどもりながら立ち上がると、続いて助手席からまわってきたのは、

「旅人《たびと》ーっっ」

走り寄って、ボディーブローをお見舞いしてやった。

「お義母《かあ》さん！　お義母さん！」

　家に向かって叫ぶと、義母が慌てて玄関に出て来た。

「可南子さん！　なんなんですあなた、さっきから一人で騒いで！」

「旅人が帰ってきたんですー」

　義母はサンダルも履かずに、裸足《はだし》で門まで走って来た。

「旅人！　まあどうしたのあなた」

　腹をかかえてうずくまっている自分の息子に、義母は蒼白《そうはく》になる。

「大丈夫や。可南子のきっつい一発がきいてるだけだから」

　答えた忍にも義母は気づかずに、弟の前に膝をついた。

「旅人、あなたどこに行ってたんです。みんな心配してたのよ」

　そのまま手で顔を覆《おお》ってしまった義母に、私も忍もしんみりと雨の中に立っていた。

「ごめんな、母さん、可南子」

　恥ずかしそうに謝る弟に、義母はキッと顔をあげて、

「謝るくらいなら最初から家出なんてするんじゃありません！　そんなときだけ子供じみてるんだから！」

と頭をはたいた。

「ワイルドやなー」

あきれたように忍が笑った。そして軽トラックの荷台にあった、青いビニールシートをかぶせてある物体を揺さぶる。

「おい、寿《ひさし》。起きんか。着いたで。まったくよくこんな荷台で寝てられるな、おまえも」

ビニールシートの固まりが起き上がり、その拍子にたまっていた雨水が流れ落ちた。シートの隙間《すきま》から顔をのぞかせたのは、忍の弟分、寿であった。

「よう、可南子ちゃん。久しぶりやね。あ、お母さんですか、どうもはじめまして」

唖然《あぜん》としている義母と私を現実に引き戻したのは、ずうずうしい弟の一言だった。

「お母さん、俺たちおなか減ってるんだけど」

その夜は宴会になった。父と谷沢には、家に戻ったことを弟が自分で電話で報告した。固唾《かたず》を飲んで見守っていた義母と私に、受話器を置いた弟が向き直る。

「父さんが、俺が帰った祝いに、寿司《すし》を十人前取ってくれるって」

「な、なにそれ」

またもずれたことをする父親に眉《まゆ》をひそめると、

「如月《きさらぎ》寿司さんに出前を頼んでくれるらしいよ」

商店街にある寿司屋の名前を挙げた。

「十人前って……可南子さん、お友達をお呼びしなさい。あの人たちの知り合いのかた、いらっしゃるでしょ？」

義母は忍と寿がくつろいでいる座敷の方をさして、私に指示した。

「そうだ、ニキさんと砂子さんを呼んだら？　忍さんたちも喜ぶだろ」

生意気なことを言う弟の手元から、受話器を奪った。

こうして、わざわざ家まで来てくれた二木君と砂子も合流し、私たちは配達されてきた寿司を食べた。お酒を追加してくれながら、ときどき存在を確かめるように弟を眺める義母の姿に、私はようやく弟が帰ってきた実感がわいた。その弟は、忍の村にいたときは圏外だった携帯が通じるようになり、さっきから無事を喜ぶ友人たちの電話の応対に追われている。弟の友人たちは、通じない携帯に毎晩めげずに電話をしてくれたらしい。

「ニキさんにも心配をおかけして、すみませんでした」

弟は、連絡を受けて急いで（と言っても三時間かかるが）家に来てくれた二木君に謝った。

「いや、無事で良かったよ。忍さんの村にいたんだろう？」

二木君はすべてをお見通しだった。知ってたの？　と驚く砂子と私に、二木君は説明した。

「もしかしたら、とは思ってたんだ。旅人君が家出した時、タイミングよくスナちゃんの家に忍さんから電話があった、って言ってただろう？　もしかして旅人君は忍さんの村に行ったんじゃないか。それで本当に可南子の弟かどうか、探りを入れてるんじゃないかなあ、と」

「鋭いなあ」

日本酒をラッパ飲みしながら忍が笑う。

「旅人はな、朝と夕方に一本ずつしかないバスに運良く乗り込んで、麓《ふもと》の駅からうちの村に夜にやってきたんや。でもいきなり『藤崎可南子の弟です、しばらく泊めてください』言われても、本物かどうかわからんやろ。それでちょっと東京に電話してみよ、いうことになってな」

二木君ではすぐに感づかれてしまうだろうから、砂子を探ってみることにしたのだそうだ。

「私がニブいってことー？」と砂子はへそを曲げている。

「そしたらホントに、『可南子の弟が家出しちゃったのー』て言うやないか。ワシ、驚いた」

寿司を猛然と食べながら、寿も会話に加わる。二木君は好物の寿司にありつけて、ご満悦だ。

弟は私の手帳から住所を見て、いい機会だからと、家出先を芸能の残る忍の村に決めたのだそうだ。太鼓踊りの練習を見学したり、畑仕事や山の見回りを手伝って、忍の家に居候《いそうろう》させてもらっていたらしい。

「本当にご迷惑をおかけして」

義母は恐縮することしきりだ。

「いえ、ちょうど人手が必要な時期でしたし、べつにかまいません。でも家に連絡しろて言うても強情張るから、弱りました」

忍は旅人を面白そうに見やって、私たちに言った。

「こいつな、ワシらの村では携帯が入らんてこと、ずっと気づかなかったのや。それでお目付役がなかなか折れて電話してこん、て怒っとったんや」

「圏外だって気づいて、慌てて親父《おやじ》に電話しとった」

ギャハハハと笑いながら、寿が暴露する。携帯にかけてきた友人と話しながら、旅人は少し赤くなってこちらをにらんできた。

「あんな山奥で携帯が入るわけがあらへん」

いくら飲んでも顔色を変えぬまま言い放つ忍に、砂子は、

「相変わらず忍君たら美青年ねえ」

と、悩ましくため息をつく。

忍と寿は、そのすさまじい山奥から、延々と軽トラックを運転して、弟を送ってきてくれたのだ。うちの玄関先に横付けされた白い軽トラックの荷台の後ろには、ペンキで『しのぶ』と名前が書いてある。村ではどの家も同じような型の軽トラックを使っているので、どこの家の誰のものなのかわかるよう、どれも荷台に名前が書いてあるのだ。東京見物をすると言って譲らない寿を荷台に転がして、軽トラックは山道を下り、東名高速をひた走ったらしい。

「信じらんないよなー、寿さん。あの揺れと風の中を、ずーっと八時間も荷台だぜ。俺、何度も『交代します』って言ったのに」

携帯を切った弟は、縦も横もたくましい、忍の弟分を尊敬の目で見た。

「あんなのなんでもあらへん。寝てれば車が運んでくれる」

寿は平然と言った。

「こいつは木の枝払ってるうちに、宙づりで寝てしまうような男やで。神経が違う」

自分よりかなり大きな弟分に、華奢《きやしゃ》な忍はあきれ顔だ。

「おまえ帰りはちゃんと助手席に座れよ。おまわりに見つかったら大事《おおごと》や」

「ええー。ワシは荷台の方がええな。寝転がれるもん」

不満そうな寿を、忍は一瞥《いちべつ》で黙らせた。

「それで、おまえたち就職はどうなったんや。決まったんか」

面白そうに聞いてくる忍に、二木君と砂子はハッとしたように私を見た。

「そうよ！　今日発表でしょ」

「丸川どうだった？」

「落ちました」

間髪を入れずに答えた私に、居合わせた一同が肩を落とした。

「いいのよ。もう夏までには決まりそうにないけど、これからも気長に小さい出版社を受けるから」

「ええー。もう就職活動やめない？　会社への未練は捨てて、フリーターしようよ

―」

　砂子の言葉を受けて、詳しく事情を知らぬ忍や寿までが、なぜか加わる。

「それがいいと思うで。おまえら、あんまり会社で働く、とかに向いてなさそうや」

　一瞬納得しかけたが、私はムキになって反論した。

「みんなで私のやる気に水をささないで」

　しかし、

「でもまあ、決断も大事かもしれないよ」

　と二木君が言ったので、さすがに私はシュンとなった。アルコールのせいで湿っぽさも倍増して、

「だって……どれだけやな奴《やつ》がいても、やっぱり漫画や本を作ってみたいんだもの、まだ諦《あきら》められないよ」

　泣き言を言う。

　酔っ払いの愚痴にはつきあわず、二木君はもう寿司に没頭している。今までどおり読むだけに留めときなさいよ、と砂子が呆《あき》れて言った。寿がのんびりと提案する。

「いっそみんなで村に来たらどうや。砂子、ワシの嫁になれ」

「やあよ。忍君なら考えるけど」

「あほ、忍ちゃんはもう彼女いるで。でもこいつはこんな顔して鬼畜やからな……」

何かを砂子に吹き込もうとしていた寿は、見事に忍の肘鉄《ひじてつ》をくらった。

「無駄口きくな、ねしょんべんたれ」

いてて、と頭を押さえる寿を気の毒に思いながらも、忍を恐れて誰も介抱しようとはしない。

「でもたしかに、ここまで会社に拒絶されると、にわかに結婚願望がわきおこるわねえ」

砂子は何を想像しているのか、うっとりと宙を見つめる。

「はは、『ノブ君』？」

冷やかすように聞いた二木君に、「まさか」と砂子は否定してみせた。

「ノブ君なんて駄目よ。お金持ってないもん。毎シーズンお洋服を山ほど買ってくれて、家事はお手伝いさんがやってくれる、そんな生活をさせてくれる男はどこかにいないかしら」

「いないよ」

「いるわけあらへん」

「いたらワシが結婚したいわ」

男たちは口々に砂子の夢想を切り捨てた。私は砂子に加勢するため、ちょっとランクを落として結婚を語った。

「まあそこまでゴージャスな生活じゃなくていいから、日々漫画漬けの生活を保障してくれる、理解ある人はいないかしらねえ」

ガリを口にほうり込みながら、寿は肩をすくめる。

「結婚なんて結局は手近ですませるもんやろ。まわりにいい男はおらんのか」

砂子と私は、常に身近にいる唯一《ゆいいつ》の男性である二木君をいっせいに見た。

「え、僕?」

暗いトイレになぜか落ちていたナマコを、思い切り踏んでしまったかのように、二木君はいやそうな顔をした。

酒も入り、どんちゃん騒ぎになった座敷から、早々に義母は逃げ出した。そういえば丸川からの不採用通知を、ドサクサに紛れてなくしてしまったなあ、と気づいた。たぶん庭で雨に濡《ぬ》れていることだろう。だが、そんな私の意識もすぐにアルコールに溶け出した。

忍と寿は、それから数日家に滞在した。弟は今までサボッていたツケを払うため、毎日きちんと登校していたが、砂子と二木君と私は暇だった。一緒に東京見物をしたり、晴れた日を見計らって海で季節には早い花火をしたりして、私たちは楽しく過ごした。

村に帰る二人を見送るため、早朝、弟と私は家の門の前に立った。軽トラックの荷台に乗り込もうとする寿を引きずりおろし、忍は私たちに向き直った。

「それじゃあ、世話になったな。旅人、もう家出したらあかんで」

「うん。いろいろどうもありがとう」

忍はうなずくと、「ほら、目え覚まさんかい」と、まだ寝ぼけている寿を促した。

「またな、可南子ちゃん。暇になったら、いつでも村に遊びに来てな」

寿は目をこすりながら、のんびりと言う。

「ありがとう、気をつけて帰ってね」

二人はトラックに乗り込んだ。助手席で寿は窮屈《きゅうくつ》そうだ。忍は窓を手動で下ろした。

「可南子、会社入るだけが『大人』やないで。ワシらだって会社に入ったことないけど、それなりに自分で稼いで食うてる」

忍は窓から手を出した。

「ちゃんと毎日体を動かしてれば、そのうち自然と食いぶち稼ぐ道は見つかるもんや。何がなんでも会社に入らなあかん、思うて焦《あせ》ったらいかんよ」

「そうだね……ありがとう」

私はもろもろの感謝を込めて、忍の手を握った。これまでずっと町で暮らし、まわりにもだれ一人として第一次産業に携わっている者がいない環境に育った私としては、忍の言葉は夢物語のように実感がなかったが、それでも忍の心は伝わった。

私たちがブンブンと握手していると、家から義母が出てきた。

「忍君、寿君。お世話になりました。村の皆さんにもよろしく伝えてください。これ、お弁当」

「あ、えらいすんません。おおきに」

慌《あわ》てて車から降りようとする忍と寿を制して、義母は窓から大きな弁当箱を二つ差し入れた。

「それじゃあ。ニキと砂子にもよろしく。またみんなで遊びに来てや」

快調にエンジンを回転させ、白い軽トラックは走りだした。助手席で大きな体をねじって、角を曲がるまで寿は私たちに手を振った。窓から忍が優雅に手を一振りして、『しのぶ』号は雲の多い朝、村に帰って行った。私たちはトラックが見えなくなって

も、しばらく門の外で彼らを見送っていた。やがて、

「さあ、旅人。ご飯を食べて学校に行かないと」

と義母が促した。

「可南子さんも。就職も大事ですけど、その前に前期試験があるでしょ。勉強はしているんですか。卒業論文も書かないといけないのでしょう」

いつもどおり口うるさい義母に、弟と私はうんざりと顔を見合わせた。けれど、前よりも私たちは家族らしくなっている。この春からの出来事が、私たちの中で小さな嵐《あらし》となって、そして今、凪は止《や》もうとしていた。残ったのは、これからもうしばらくこのメンバーで暮らしていくのだ、という諦めにも似た潔《いさぎよ》い決意だ。

この屋敷で、常に何者かの視線を気にしていた義母が、初めて自分の子供たちの顔を見つめている。

「おかあさん」

なんです、と振り返った義母に、私は曖昧《あいまい》に笑って首を振った。

「ニヤニヤとして気味の悪い」

義母は眉《まゆ》をひそめると、さっさと踵《きびす》をかえしてしまった。その背中を見ながらもう一度、「おかあさん」と声に出さずに言ってみた。

劇的ではない生活の中で、劇的なことは何もないままに、それでも私たちは何かを修復できたのだ。

義母の後について家に入り、玄関の扉を閉めようとして空を見上げると、雲の切れ間が明るくなっていた。どうやら梅雨は明けたらしい。

なんとか演習の発表と試験とレポートを終えて、私たちは夏休みに突入した。クラスでも就職が決まっている人は一握りしかいない。砂子は本当に就職活動はやめたのか、休みが始まるとさっさと帰省していった。

「太鼓踊りの日に合わせて、一緒に村に遊びに行きましょうよ。弟クンも一緒にね」

二木君は、この夏は勉強するそうだ。

「今まで就職活動と二足のわらじだったから。ちょっと本腰入れようかと思ってさ」

「頑張って先生のハートをゲットしてね」

かまをかけたら、二木君は見事に真っ赤になった。そんな二木君を見たことがなかったから、私のほうが動揺してしまったほどだ。

そして今日、西園寺さんが旅に出る。昼頃に、西園寺さんは家に来た。初めてのことだ。彼は門から入って来ようとはしなかった。サンダルをつっかけて門まで出た私に、西園寺さんは一抱えはある桐《きり》の箱を手渡した。

「けっこう重さがあるから、気をつけて」

「なんですか?」

「後で開けてみなさい。少しは可南子ちゃんの助けになるじゃろう」

私は目に痛いほどの新しい桐の箱を見た。何も欲しくない。旅になど出ずにずっと側《そば》にいてほしい。そう思ったが、言葉は出なかった。だから、ただ黙って頭を下げた。

「行ってしまうんですね」

驚くほど少ない荷物を見て、しかし確信をこめて私は聞いた。

「いつまでも可南子ちゃんを甘えさせてあげたかったのじゃが、そうもいかんからのう」

西園寺さんも、私と同じ気持ちでいてくれている。それだけをよすがに、私はわがままな言葉を飲み込み、涙をこらえた。そしてなるべく多くを覚えていられるように、これまで私を支え、愚痴を聞き、私に新しい世界を教えてくれた男を見つめる。

「見送りに行ってもいいですか」

彼は首を振った。

「せめて駅まで」

答えを聞く前に、私は玄関に走り、もらった箱を大事に上がり端に置くと、スニーカーに履きかえて戻った。西園寺さんは待っていてくれた。私たちは並んで、ゆっくりと駅まで歩く。

「可南子ちゃん、夏休みだね」

「はい。そして以前言いましたが、『毎日が夏休み』に着実に近づきつつあります」

商店街のアーケードの下、西園寺さんは笑った。

「以前言いましたが」

悪戯《いたずら》っぽく言葉を反復して、西園寺さんは言う。

「それも悪くはないよ」

西園寺さんの眼差《まなざ》しは、これまでの自分自身も、そして今日の旅立ちから先の道も、しっかりと見据えている目で、だから私も、

「そうですね」

と自然に言葉が口をついて出た。

「たとえ『毎日が夏休み』になっても、自分を信じて生きていこうと思います」

喫茶店の前を通るとき、西園寺さんはマスターに会釈《えしやく》した。マスターは慌てて通り

に出てくる。

「西園寺さん、今日お発《た》ちですか……」

「はい。長い間おいしいコーヒーを、ありがとうございました」

マスターは力なく首を振り、

「いつも使ってらした西園寺さんのカップは、そのまま取っておきますから。またいつでもお寄りください」

と言った。

「ありがとう」

駅はもうすぐそこだ。私たちを見送っていたマスターが、ふいに大きな声で、

「可南子ちゃん！」

と呼んだ。何事かと振り向くと、

「旅人君、帰って来てよかったね」

そう言って、彼は手を振りながら店に戻った。西園寺さんが笑う。

「そうだったのう。ここ数カ月、可南子ちゃんの家はいつもに増して、この町の話題の的じゃった」

「そして今また、新しい話題を提供しつつありますよ。『藤崎の娘さん、就職決まら

ないんですって』『あらあら、まああ』って」

　力づけるように、西園寺さんは私の肩を抱いた。

「会社に入る子はたくさんいるかもしれんが、こんなじいさんに心から愛される若い娘は、少ないものだよ」

　もう駅だったが、私たちは抱き締めあった。

「それを言うなら、若い娘に心から愛されるおじいさんの方が少ないです」

「春に京都に行ったでしょう。あの時に寄った店を覚えているかの？」

「連れて行っていただいたところは、全部覚えています」

　西園寺さんは安心したように頷くと、

「あそこへ持って行けばいいよ」

と言う。なんのことかわからず、身を離して首をかしげると、西園寺さんは切符を買いに行ってしまった。慌てて後を追って入場券を買おうとすると、西園寺さんは、

「改札のところでさよならしよう。中国まで一緒に行ってしまいそうだからのう」

と、私をおしとどめた。

　自動改札を通り抜けて、鞄《かばん》を一つぶら下げただけの西園寺さんは、ゆっくりとホームへの階段を上がって行く。行き交う人がびっくりして私を見ていたが、もうどうや

っても涙は止まらなかった。

「西園寺さん！」

胸につまる熱い塊を吐き出すように、私は名前を呼んだ。西園寺さんは階段の上で立ち止まると、振り返って帽子を振った。

「手紙をください！　必ず！」

頷《うなず》いた彼を、ちょうど到着した電車からの人波が包んだ。その波が引いたとき、もう西園寺さんの姿はどこにもなかった。

泣きながら駅から外に出ると、丘の公園の見晴らし台に人影があった。タネおばあさんだ、と私は思った。西園寺さんを子供の頃から知っているタネおばあさんは、その旅立ちをちゃんと見送っていたのだ。

家に戻って桐の箱を開け、私は驚いた。中にはぎっしり、立派な表具までつけられた西園寺さんの書が、巻物状になって入っていたのだ。広げてみると、どれも漢詩の一節らしきものや和歌などが書いてある。

「持って行けって、これのことだったの……」

西園寺さんは、京都のなじみの書画の店に、これを売りにいくと良い、と言っていたのだ。彼は頼まれてもあまりこういう軸物は書かないから、値打ちがあるのだと、そういえばあの店の主人は説明していた。

「こんなことしてくれなくても良かったんです……」

広げた書を元どおりに巻きながら、私はつぶやいた。そして、箱の一番底に、それだけ錦《にしき》の袋に入っている巻物があることに気づいた。

袋から取り出して広げると、墨の色も黒々と、大きく一字だけ、

『脚』

と書かれていた。それはとても伸びやかに、力強く、しかし繊細に、紙の上にたっぷりとしたためられている。私は笑った。これは西園寺さんが、私のためだけに書いてくれたものなのだ。彼の愛情が痛いほど伝わってきて、私は笑いながらまた泣いていた。

壁に釘《くぎ》を打ち付けて、私だけの文字が刻印されている掛け軸をかけた。部屋の真ん中に座ってそれを眺めていると、殺風景だった私の部屋が、うまく引き締められていくようだ。

義母と島田さんが台所で料理をしている気配を感じる。砂子はいまごろ、実家で思

い切りくつろいでいることだろう。今夜は二木君が、弟のところに遊びに来る予定になっている。なんでも、友達が作ったゲームを入手したのだそうだ。

「姉ちゃん」

障子を叩《たた》く音がした。

「なに？」

泣いたせいで鼻声で答えると、障子が開き、弟が顔を覗《のぞ》かせた。

「忍さんたちに世話になったお礼に、お菓子でも送ろうかと思うんだ。母さんがもう果物を送ったらしいんだけど、俺も自分で礼がしたい。商店街で一緒に見繕ってよ」

「いいわよ」

立ち上がった私のために大きく障子を開けて、弟は部屋にかけられている『脚』に気づいた。

「うわっ、なんだそれ」

「いいでしょ。西園寺さんがくれたのよ」

誇らしい思いで掛け軸を見る私の顔を見、

「行っちゃったのか、じーさん」

と弟はそっとつぶやいた。

「うん……」

廊下を歩きながら、弟は煙草《たばこ》をくわえる。そしてしんみりした空気をものともせずに言った。

「それにしても、姉ちゃんの脚ってそんなに綺麗《きれい》かねえ。角度によってはぶっといよな」

「うるさいわね」

まさに火がつけられようとしていた煙草を横合いからつまみ取り、グシャリとつぶして、電話が置いてある台に放った。

「なにすんだよ」

「まだ高校生のくせに、なんでそう堂々と煙草吸うのよ、旅人は」

「いいだろ別に。それより夏休みだからってのんびり家にいるけど、いいのかよ。就職はどうなったんだよ」

玄関を開けると、夏の夕暮れの匂《にお》いがした。

「いいでしょ別に。活動はもうちょっと続けるけど、それでも決まらなかったら、それまでよ。わからないわよ、どうなるかなんて」

「姉ちゃんは無職だな」

ブツブツ言う弟を置いて、門までの飛び石を跳ねてたどった。

「早くしないとニキちゃん来ちゃうよ」

こりもせず新しい煙草に火をつけた弟を従えて、買い物客でにぎわう商店街へと、私は歩いていった。

引用文献

『アルペンローゼ』赤石路代著／小学館

解　説

重　松　清

もともと編集者だったという出自のせいか、フリーライターとして種々雑多な雑誌記事を書き飛ばしてきた十数年の習い性というやつなのか、ぼくには少々悪趣味な癖がある。面白い本に巡り会ったとき、ついついおせっかいにも、宣伝用の惹句《じゃっく》を勝手に考えてしまうのだ。

本書『格闘する者に○《まる》』のときもそうだった。二〇〇〇年、単行本版が刊行されて間もない時期に、むさぼるように読んだ。エージェントと組んで単行本デビューを果たすという、新人賞経由ではない新しいかたちで出現した作家の、二十四歳という若さとまばゆい才能に圧倒された。そして、思い浮かべた惹句は、こんなフレーズだった。

「吾輩《わがはい》は女子大生である。内定先はまだない」

失笑しないでいただきたい。へたくそなのは自分がいちばんよくわかっている。ここでサエた惹句が出せるような男だったら、編集者としてもフリーライターとしても、ぼくはもうちょっとはマシな人生を送っていただろう。

だから、まあ、うまいへたはさておいて、だ。

そんな古傷をあえてさらしたのには理由がある。

ぼくはその惹句を、作品の、特に序盤に顕著な、主人公・可南子《かなこ》の古風な語り口から連想した。われながら安直な発想ではあるのだが、単行本刊行から五年がたとうとするいま、デビュー後にめざましいペースで三浦さんが放った作品群をへて本書を再読してみると、漱石の『吾輩は猫である』をもじった惹句に新たな意味合いが付与されたような気がする。当時のぼくにはそこまでの深慮はなかったのだが、『格闘する者に○《まる》』は、名実ともに作家・三浦しをんにとっての『吾輩は猫である』――いまのぼくにはそう思えてならないのである。

「デビュー作には、その作家のすべてが詰まっている」という言葉がある。それは半分は正しく、半分は間違っている、と思う。

デビュー作は、言うまでもなく、作家の出発点である。本人が望むと望まざるとにかかわらず、作家論の際には常に参照される運命にあり、出発点と現時点での達成との距離が、作家の「成長」と呼ばれる。その意味では、なるほど確かに、デビュー作にはすべてが詰まっている。優れた作家であればあるほど作家論にデビュー作が召喚される機会が多いというのも、故《ゆえ》なきことではない。

　三浦しをんさんの場合も——これは断言のトーンで言っておきたいのだが、本書『格闘する者に○《まる》』は今後も折に触れ、さまざまな評者にさまざまなかたちで語られることになるだろう。わずか二十四歳の若さでこれだけの作品を世に問うた才能はいくつもの賛辞で彩《いろど》られるはずだし、本書は青春小説のスタンダードとして読み継がれていくに違いない。

　実際、伸びやかな語り口に始まって、「性」を超えた男女のつながり、世間一般の感覚では「壊れた」家族の姿、あるいは通奏低音として流れつづける寓話《ぐうわ》の調べに至るまで、のちに三浦さんが諸作品を通じて展開する世界は、本書ですでに鮮やかに示されている。社会に向けるシニカルでありながら温かいまなざしや、行間からたちのぼるユーモア、自分を笑い飛ばすサービス精神は、『人生激場』などのエッセイと相通ずるものでもある。また、くだけているように見えながら居住まいのきちんとした文章や、就職活動を縦軸にして、お家騒動や老書家との付き合いをからめていく構成の妙味は、「とても処女作とは思えない完成度の高さ」だと評される機会が少なくないだろう。

それらを認めたうえで、しかし、しかし――と翻《ひるがえ》させてもらいたい。

しかし、この素晴らしく魅力的なデビュー作には、三浦しをんの「すべて」が詰まっているわけではない。言い換えるなら、三浦さんはここで「すべて」を描いたわけではない。

本書には、のちに三浦さんが作品の重要なモチーフとして繰り返し描くことになる、とてもたいせつなものが示されている。けれど、それは描かれていない。浮き彫りの技法と呼ぼうか、輪郭だけがそこにあると言おうか、塗り残した白地の部分、要するに描かないことで示した、そういう「たいせつなもの」が、ここにはある。

あわてて言い添えておくが、三浦さんは「たいせつなもの」を力不足で描けなかったわけでは、決してない。といって、老獪《ろうかい》な技巧で塗り残しの部分をつくったのとも違う。

一読明らかなように、本書の語り手をつとめる主人公の〈私〉=可南子は、きわめて批評的な視線や口調の持ち主である。打ち明け話をしておくと、単行本版で本書を初めて読んだ際、ぼくは書き出しの語り口にまず魅せられたのだった。

〈そろそろここを出ねばならぬ。/今日は五時間で十八冊の漫画を読んだ。まずまず

のペースと言えよう〉

前述したように、これはそうとう古風な、年寄りじみた語り口である。女子大生の一人称とは思えない。だからこそ、いいぞ、と感じた。書き手と語り手がべったりとくっついてしまった自意識過剰の「私語り」に敢然と背を向けた、みごとな距離感がここには確かにある。しかも、読み進めてほどなく、〈可南子は言葉が古いんだよな〉という二木《にき》君の台詞《せりふ》や、それを受けた砂子《すなこ》の〈ずっとおじいさんとつきあってるからよ〉なる一言に触れて、古風な語り口には作者／語り手の関係だけではない、物語とからんだ仕掛けがあるのだと知らされた。みごとではないか。すれっからしのオジサン読者も舌を巻かざるをえないではないか。

　このような語り口を持つ〈私〉――そして、そんな〈私〉を造型する作者であるのだから、当然ながら、作品世界には〈私〉の批評眼が行き渡っている。物語の主要な登場人物はもとより、端役《はやく》にさえもきちんと（律儀なまでに）ツッコミを入れ、返す刀で自分自身をも笑う〈私〉によって、この物語は女子大生の就職をめぐる社会戯画の趣を持ち得た（K談社と集A社の面接の場面は、いやー笑った笑った。S潮社が出てこなくてよかったですね）。ちょうど三浦さんが早稲田大学に通っていた頃に同じキャンパスで非常勤講師を務めていた身としては、「就職決まんないんですー」「楽しむ前にバブルが終わっちゃって、いいことなんにもありませーん」と嘆いていた教え子の誰彼の顔が浮かんで、笑いながらもふと胸が熱くなってしまったりして……。

それでも、鋭い批評眼の持ち主には、そのまなざしの鋭さ故に語れないことがある。〈私〉は愚直な告白をすることができない。「たいせつなもの」のありかはきちんとわかっていて、素直に語れば楽になれることも察しているのに、だからこそ、語らない。描かない。ユーモアにくるみ、ツッコミをまぶして、物語の中にずぶずぶにひたるのではなく、むしろ一歩ひいて距離をとる。〈私〉の含羞《がんしゅう》……いや、これは作者自身の矜持《きょうじ》と呼んでもいいかもしれない。

漱石の『吾輩は猫である』もそうだった。古風な語り口を持つ女子大生どころではない、漱石は猫というとんでもない語り手を設定することで作者自身と物語との距離を保ち、近代的知識人、ひいては近代日本の戯画を描きだした。

だが、周知のとおり、漱石は『吾輩は猫である』の語り口を封印して、もっと愚直な人間たちが物語を織りなす小説を次々に発表する。猫の批評眼では描けない「たいせつなもの」を描くために、知識人を笑うのではなく、彼らの背負った苦悩とストレートに向き合いつづけることで、作家人生をまっとうした。

三浦しをんさんの場合も、同じではないかと思うのだ。

『格闘する者に○《まる》』でありかが示され、けれどあえてまっすぐには描かれず、デビュー後の数々の小説作品――とりわけ、本書文庫化の時点での最新作『私が語りはじめた彼は』で怖いほど気高く描かれた「たいせつなもの」を、ぼくは、「孤独」と呼ぶ。

『格闘する者に○《まる》』の中で、物語の本筋に決して深くかかわるものではないのに、とても印象的な一節がある。〈私〉が就職試験で書いた寓話について、面接官に〈簡単なオチ〉で理解されてしまったあとの独白――。

〈そんな簡単なオチじゃないやい、と思ったが、／「はあ、まあ」／と言葉を濁した。よっぽど、／「『人の孤独について描かれてる』のです」／とでも言ってやりたかったのだが。有名な少女漫画の中で、殺し屋が主人公の少年に、ヘミングウェイの『海流の中の島々』を、こう説明するのだ。私はこれを大変格好良いと思い、しかし日常会話では普通は一生使わないフレーズでもあるので、半ば諦めつつも胸にしまっておいた。あの面接の時が、たぶん唯一《ゆいいつ》のチャンスだったのだが、やはり少し恥ずかしくて使い損ねた〉

出典は、たぶん、吉田秋生の『BANANA　FISH』。〝白《ブランカ》〟がアッシュに語った言葉じゃなかったっけ。

確かに〈日常会話では普通は一生使わない〉だろう。〈少し恥ずかしくて使い損ね〉てしまうことばかりの言葉だろう。

けれど——少なくともぼくは、誰かに「三浦しをんさんの小説ってどんなものなの?」と訊かれたら、こう答える以外にうまい言い方が見つけられない。

「『人の孤独について描かれてる』のです」

繰り返しておく。本書は、作家・三浦しをんの出発点である。デビューから五年をへての文庫化にあたって、「この作家はデビューの時点でこんなに高いレベルだったんだ」とあらためて驚くひとは多いだろう。だが、そのうえで、デビュー後に彼女が発表した小説作品をいま一度読み返してみようではないか。「五年間でこんなにも……」と驚嘆しつつ、作家の「青春」時代の重みを噛《か》みしめようではないか。それが、前へ進みつづける作家に対する礼儀だとも思うのだ。

最後に、言わずもがなのことを。

本書で示された鋭い批評眼やユーモアに満ちた語り口が、この五年間で失われてしまったとすれば、それはとても寂しいことなのだが……ご心配なく、三浦さんの作家活動のもう一方の軸には、エッセイもある。シリアスな小説の読者がエッセイに触れて「うわっ」と驚き、エッセイの読者が小説を読んで息を呑《の》む、そんな光景が、きっとこれからも数限りなく繰り返されるだろう。

そして、小説、エッセイいずれの出発点にも『格闘する者に○《まる》』があるのだと知ったとき——この一冊は、また新たな奥深さをぼくたちに見せてくれるはずなのだ。

（平成十七年一月、作家）

この作品は二〇〇〇年四月草思社より刊行された。

夏目漱石著

道草

健三は、愛に飢えていながら率直に表現できず、妻のお住は、そんな夫を理解できない。近代知識人の矛盾にみちた生活と苦悩を描く。

夏目漱石著

文鳥・夢十夜

文鳥の死に、著者の孤独な心象をにじませた名作「文鳥」、夢に現われた無意識の世界を綴り、暗く無気味な雰囲気の漂う、「夢十夜」等。

夏目漱石著

草枕

智に働けば角が立つ——思索にかられつつ山路を登りつめた青年画家の前に現われる謎の美女。絢爛たる文章で綴る漱石初期の名作。

夏目漱石著

虞《ぐ》美《び》人《じん》草《そう》

我執と虚栄に心おごる美女が、ついに一切を失って破局に向う悽愴な姿を描き、偽りの生き方が生む人間の堕落と悲劇を追う問題作。

夏目漱石著

彼岸過迄

自意識が強く内向的な須永と、感情のままに行動して悪びれない従妹との恋愛を中心に、エゴイズムに苦悩する近代知識人の姿を描く。

夏目漱石著

倫敦塔《ロンドンとう》・幻影《まぼろし》の盾《たて》

謎に満ちた塔の歴史に取材し、妖しい幻想を繰りひろげる「倫敦塔」、英国留学中の紀行文「カーライル博物館」など、初期の7編を収録。

梨木香歩著

沼地のある森を抜けて

紫式部文学賞受賞

はじまりは、「ぬかどこ」だった……。あらゆる命に仕込まれた可能性への夢。人間の生の営みの不可思議。命の繋がりを伝える長編。

梨木香歩著

からくりからくさ

祖母が暮らした古い家。糸を染め、機を織る、静かで、けれどもたしかな実感に満ちた日々。生命を支える新しい絆を心に深く伝える物語。

梨木香歩著

りかさん

持ち主と心を通わすことができる不思議な人形りかさんに導かれて、古い人形たちの遠い記憶に触れた時――。「ミケルの庭」を併録。

梨木香歩著

西の魔女が死んだ

学校に足が向かなくなった少女が、大好きな祖母から受けた魔女の手ほどき。何事も自分で決めるのが、魔女修行の肝心かなめで……。

梨木香歩著

裏庭

児童文学ファンタジー大賞受賞

荒れはてた洋館の、秘密の裏庭で声を聞いた――教えよう、君に。そして少女の孤独な魂は、冒険へと旅立った。自分に出会うために。

梨木香歩著

エンジェル エンジェル エンジェル

神様は天使になりきれない人間をゆるしてくださるのだろうか。コウコの嘆きがおばあちゃんの胸奥に眠る切ない記憶を呼び起こす。

重松清著
舞姫通信

教えてほしいんです。私たちは、生きてなくちゃいけないんですか？　僕はその問いに答えられなかった——。教師と生徒と死の物語。

重松清著
見張り塔からずっと

3組の夫婦、3つの苦悩の果てに光は射すのか？　現代という街で、道に迷った私たち。新・山本周五郎賞受賞作家の家族小説集。

重松清著
ナイフ
坪田譲治文学賞受賞

ある日突然、クラスメイト全員が敵になる。私たちは、そんな世界に生を受けた——。五つの家族は、いじめとのたたかいを開始する。

重松清著
日曜日の夕刊

日常のささやかな出来事を通して蘇る、忘れかけていた大切な感情。家族、恋人、友人——、ある町の12の風景を描いた、珠玉の短編集。

重松清著
ビタミンF
直木賞受賞

もう一度、がんばってみるか——。人生の〝中途半端〟な時期に差し掛かった人たちへ贈るエール。心に効くビタミンです。

重松清著
エイジ
山本周五郎賞受賞

14歳、中学生——ぼくは「少年A」とどこまで「同じ」で「違う」んだろう。揺れる思いを抱き成長する少年エイジのリアルな日常。

格闘《かくとう》する者《もの》に○《まる》

新潮文庫　み-34-1

平成十七年三月一日発行
平成二十四年十一月十五日十四刷

著者　三《み》浦《うら》しをん

発行者　佐藤隆信

発行所　株式会社　新潮社

郵便番号　一六二—八七一一
東京都新宿区矢来町七一
電話　編集部(〇三)三二六六—五四四〇
　　　読者係(〇三)三二六六—五一一一
http://www.shinchosha.co.jp

価格はカバーに表示してあります。

乱丁・落丁本は、ご面倒ですが小社読者係宛ご送付ください。送料小社負担にてお取替えいたします。

印刷・錦明印刷株式会社　製本・錦明印刷株式会社

ISBN978-4-10-116751-0 C0193